Otelo

Clásica
Teatro

WILLIAM SHAKESPEARE

OTELO

Traducción y edición de Ángel-Luis Pujante

ESPASA

Obra editada en colaboración con Editorial Planeta – España

Título original: *Othello*

William Shakespeare

© 1991, Ángel-Luis Pujante

© 2010, Espasa Libros, S. L. U. – Madrid, España

Derechos reservados

© 2022, Editorial Planeta Mexicana, S.A. de C.V.
Bajo el sello editorial AUSTRAL M.R.
Avenida Presidente Masarik núm. 111,
Piso 2, Polanco V Sección, Miguel Hidalgo
C.P. 11560, Ciudad de México
www.planetadelibros.com.mx

Diseño de la colección: Compañía

Primera edición impresa en España: 15-II-1991
Primera edición impresa en España en esta presentación: diciembre de 2010
ISBN: 978-84-670-3629-9

Primera edición impresa en México en Austral: marzo de 2022
ISBN: 978-607-07-8569-6

Impreso en los talleres de Impresora Tauro, S.A. de C.V.
Av. Año de Juárez 343, Col. Granjas San Antonio,
Iztapalapa, C.P. 09070, Ciudad de México
Impreso y hecho en México / *Printed in Mexico*

Biografía

William Shakespeare (Strafford-upon-Avon, Inglaterra, 1564-1616) fue un dramaturgo y poeta inglés, considerado uno de los más grandes escritores de todos los tiempos. Hijo de un comerciante de lanas, se casó muy joven con una mujer mayor que él, Anne Hathaway. Se trasladó a Londres, donde adquirió fama y popularidad por su trabajo; primero bajo la protección del conde de Southampton, y más adelante en la compañía de teatro de la que él mismo fue copropietario, Lord Chamberlain's Men, que más tarde se llamó King's Men, cuando Jacobo I la tomó bajo su mecenazgo. Su obra es un compendio de los sentimientos, el dolor y las ambiciones del alma humana, donde destaca la fantasía y el sentido poético de sus comedias, y el detalle realista y el tratamiento de los personajes en sus grandes tragedias. De entre sus títulos destacan *Hamlet*, *Romeo y Julieta*, *Otelo*, *El rey Lear*, *El sueño de una noche de verano*, *Antonio y Cleopatra*, *Julio César* y *La tempestad*. Shakespeare ocupa una posición única, pues sus obras siguen siendo leídas e interpretadas en todo el mundo.

ÍNDICE

INTRODUCCIÓN

I

En un capítulo de *Troteras y danzaderas,* de Ramón Pérez de Ayala, Alberto le lee OTELO a Verónica. La lectura se ve interrumpida varias veces por esta, que, alarmada ante la inminente muerte de Desdémona, exclama: «¡Oh, por Dios, Alberto! Dile a ese hombre que está equivocado, que Desdémona es buena y le quiere». La historia teatral de OTELO registra reacciones semejantes. Es célebre la interrupción de un espectador que, viendo el efecto de las maquinaciones de Yago, le gritó a Otelo: «Pero, negrazo, ¿es que no tienes ojos?». Tal vez parezcan ingenuos estos impulsos, pero la obra alcanza su objetivo en la medida en que nos incita a detener una acción que parece inexorable.

OTELO es sin duda una de las piezas más populares de Shakespeare. Ya en 1610 un espectador ponderaba su excelencia dramática y destacaba el patetismo de la última escena, en que Desdémona, muerta a manos de Otelo, despertaba compasión con el semblante. Hacia 1655 un lector elogiaba la obra tanto por los versos como por la acción, «pero sobre todo por la acción», y la prefería con mucho a *Hamlet.* Sin embargo, hacia finales del siglo XVII el crítico Thomas Rymer le dedicó uno de los juicios más severos que haya recibido: paso a paso señalaba improbabilidades, absurdos y extravagancias para concluir llamándola «farsa brutal».

En nuestro siglo la división de opiniones parece haberse
centrado en el protagonista. Frente a los defensores del «noble
moro», los detractores han adoptado una postura antiheroica y
antisentimental: T. S. Eliot [1] dudaba de la sinceridad de Otelo
en su último parlamento, en el que, más que expresar la gran-
deza derrotada de un personaje noble pero equivocado, Otelo
estaba dándose ánimos en una actitud egocéntrica y teatral,
más estética que ética, y, sobre todo, escapista. En esta línea
crítica, Leavis advertía en Otelo un hábito de complaciente
dramatización de sí mismo y rechazaba la visión del protagonista como mera víctima de Yago. Según él, la cuestión no es
tan sencilla. Si Yago logra tentar a Otelo es porque representa
algo que hay en este: el «essential traitor» está dentro, y Yago
no es más que un personaje accesorio y auxiliar.

Habría que preguntarse si la cuestión es tan sencilla. Desde
luego, sería un error rechazar a Eliot y Leavis sin más: ambos
plantearon nuevas e importantes cuestiones sobre OTELO y no
se les puede negar ese mérito. Sin embargo, su perspicacia
no les impidió ver con los ojos de Yago y ofrecer una visión de
la obra tan limitada como la que pretendían contrarrestar.
Huelga comentar lo evidente: cada época encuentra en Shakespeare lo que busca.

II

La historia original del moro de Venecia ocupa la séptima
novela de la tercera década de los *Hecatommithi,* de Gianbatt-
tista Giraldi Cinthio o Cinzio, publicada en Venecia en 1565.
A no ser que hubiera alguna traducción inglesa hoy perdida,
Shakespeare debió de basarse en el texto italiano, en la versión francesa de Chappuys (1584), o tal vez en ambos. Cinthio
narra la historia de un «moro valoroso» y de una mujer vir-
tuosa de «maravigliosa bellezza» llamada Disdemona, que es

---

[1]   Para esta y otras referencias véase la Bibliografía selecta, págs. 31-34.

acusada de adulterio por el «alfieri»[2] del moro y muerta entre ambos. Como no es muy conocida o accesible, convendrá ofrecer un resumen de la narración antes de seguir adelante.

El moro se ha distinguido como militar y es muy estimado por la Señoría de Venecia. Disdemona y él se enamoran y, venciendo la oposición de los padres de esta, se casan. La paz y concordia en que viven comienza a turbarse cuando el moro es nombrado comandante de la guarnición de Chipre, entonces dependiente de Venecia. Disdemona insiste en acompañarle y consigue convencer a su marido, que se resistía por los posibles peligros del viaje. Sin embargo, la travesía transcurre «con somma tranquilità del Mare».

En Chipre aparecen otros personajes que también pasarán a la tragedia de Shakespeare: el alférez (Yago), su mujer (Emilia) y un capítan o «Capo di squadra» (Casio). Cinthio destaca la buena presencia del alférez, pero también su naturaleza perversa, que encubre «coll'alte e superbe parole, e colla sua presenza». Su mujer es muy amiga de Disdemona y pasa gran parte del día con ella. El capitán es «carissimo al Moro» y va muchas veces a su casa, en la que con frecuencia se le invita a comer. Salvo Disdemona, en la historia de Cinthio ningún otro personaje tiene nombre.

Según Cinthio, el alférez deseaba ardientemente a la mujer del moro, pero no se atrevía a declarar sus sentimientos. Al no verse correspondido, llega a la conclusión de que está enamorada del capitán, y, para satisfacer el odio que le ha provocado la indiferencia de Disdemona, decide acusarla de infidelidad. Sin embargo, los riesgos que entraña su intención le aconsejan esperar la ocasión propicia.

Esta se presenta cuando el capitán hiere a un soldado de la guardia y, en consecuencia, es despedido por el moro. Disdemona se aflige y *motu proprio* se esfuerza una y otra vez por

---

[2]   Es decir, alférez en el sentido antiguo de «abanderado». Véase, además, mi comentario sobre el puesto de Yago en la nota 2, pág. 42.

reconciliarlos. El alférez aprovecha la oportunidad para insinuarle al marido la posibilidad de razones ocultas que movieran a su esposa y acaba atribuyendo el interés de Disdemona a su atracción por el capitán y a la aversión que le causa el color de su marido. Enfurecido y angustiado, el moro le exige una prueba. El alférez la consigue poco después robándole a Disdemona un pañuelo que llevaba en la cintura, regalo de boda del moro, en un momento en que ella toma en brazos a la hija del alférez.

A la primera ocasión, el alférez entra en la casa del capitán y deja el pañuelo a la cabecera de su cama. El capitán reconoce el pañuelo y se dirige a casa de Disdemona para devolvérselo. Llama a la puerta trasera, pero huye al oír la voz del moro, con lo que despierta más sospechas. El moro corre a decírselo al alférez, quien a su vez le cuenta que el capitán visitaba a Disdemona en su ausencia y que la última vez ella le dio su pañuelo. Ante esta noticia, el moro le pide el pañuelo a su mujer, sin que esta, avergonzada por la pérdida, pueda complacerle. Más tarde, el alférez lleva al moro a la casa del capitán y, mirando desde fuera por una ventana, le muestra a una mujer haciendo una copia del pañuelo. Finalmente convencido, el moro decide matar al capitán y a Disdemona con la ayuda del alférez.

Este ataca al capitán de noche en una calle oscura sin ser reconocido. Primero le corta una pierna con la espada y le hace caer, pero cuando se dispone a rematarle, el capitán se defiende y grita, llamando la atención de algunos transeúntes y soldados, que acuden sin demora. Huye el alférez, aunque vuelve con el grupo, fingiendo haber oído los gritos. En cuanto a Disdemona, el moro y el alférez urden un plan para matarla y hacer que todo parezca un accidente: el alférez la matará golpeándola con una calza llena de arena y el moro hará caer una parte del techo sobre ella.

Después de su muerte, el moro empieza a afligirse por la pérdida de su esposa, culpa al alférez de su desgracia y le despide. Entonces este decide vengarse del moro haciendo que el capitán le acuse de lo ocurrido con él y con Disdemona, y sea detenido. Aunque torturado, el moro no confiesa, y es desterrado y finalmente muerto por los parientes de Disdemona, «com'egli meriteva». Por su parte, el alférez muere miserablemente tras ser torturado por su implicación en otra intriga. Y «tal fece Iddio vendetta della innocenza di Disdemona».

III

A primera vista, la farragosa historia de Cinthio no parece un material muy aprovechable. Sin embargo, la imaginación de Shakespeare debió de verse estimulada por los personajes centrales del relato: la dama veneciana que se casa con un extranjero de otra raza; el moro que ama y mata a su esposa; el malvado alférez, maestro de la simulación. Pero Shakespeare tenía que prescindir de las torpezas, la sordidez y el melodrama de la narración y su desenlace e introducir importantes alteraciones poéticas y dramáticas.

OTELO es la única de las «grandes tragedias» de Shakespeare que se basa en una obra de ficción. Además, el moro de Cinthio no es de sangre real, ni siquiera un noble, sino un militar competente y valeroso, a diferencia de los personajes históricos que inspiraron la composición de *Hamlet, Macbeth* o *El rey Lear*. En estas tragedias, la muerte del protagonista tiene repercusiones sociales y políticas. En cambio, la muerte de Otelo no afecta en nada a la política veneciana. En este sentido sí que puede hablarse de la obra como «tragedia doméstica».

Pero con una salvedad. Si se ha dicho que OTELO es la tragedia de un hombre que se metió en una casa es porque el protagonista es muy poco doméstico. Como el moro de Cinthio, Otelo es también un militar valiente y eficaz, pero, además, Shakespeare le convierte en personaje de regia cuna. De este modo reúne condiciones para ser el heroico general a quien Venecia confía la guerra contra el turco. Este dato es invención de Shakespeare, pero no el peligro otomano y el ataque a

Chipre: a pesar de la victoria cristiana en Lepanto, los turcos siguieron siendo una seria preocupación para Europa occidental hasta finales del siglo XVII. Pues bien, lo que Shakespeare hace en las primeras escenas de OTELO es relacionar la guerra de Chipre con la histórica batalla, lo que permite situar la acción de la obra hacia 1571 (prescindiendo, claro está, de que, pese a Lepanto, Chipre continuaba tomada por los turcos en los años 1602-4, en que Shakespeare escribía OTELO). La inclusión de la amenaza turca tal vez fuera un cumplido del dramaturgo al nuevo rey Jacobo I, autor del poema «Lepanto», ya que la tragedia se representó en la corte en noviembre de 1604. No obstante, la presencia de los turcos proporciona a la obra un marco histórico, público y político que, al menos en su primera parte, la acerca a las demás grandes tragedias.

A la vez que hace del moro original un héroe noble y aristocrático, Shakespeare no le ahorra la más brutal expresión de su barbarie (si bien le evita la vileza de disponer la muerte de su esposa como lo hace el moro de Cinthio). Otelo coincide solo en parte con la imagen isabelina del «moro», que el propio Shakespeare había plasmado en *Tito Andrónico* (1593-94) en la figura de Aarón: un moro bárbaro, impío y perverso. Otelo es un converso o semiconverso, y la perversidad se ha transferido a Yago. El autor invierte, pues, las expectativas de su público, aunque, una vez más, solo en parte. El motor de la insidia es Yago, un italiano maquiavélico: para los isabelinos no había más que decir.

Es precisamente la metamorfosis de Otelo lo que hace más horrible su crimen. Para darle forma dramática Shakespeare necesitaba apoyarse en lo que hiciera más vulnerable al protagonista. Por lo pronto, la historia de Cinthio le ofrecía la disparidad de los amantes: la propia Disdemona, cuando no entiende qué le pasa a su marido, comenta que las italianas no debieran unirse a ningún hombre «cui la Natura, et il Cielo, et il modo della vita disgiunge da noi». La boda secreta de Otelo y Desdémona es a la vez causa y efecto de la actitud de Brabancio, cuya reacción es mucho más violenta que la resignada oposición de los padres de Disdemona en el relato de Cinthio. Conviene señalar a este respecto que, a diferencia de la Disdemona original, la Desdémona de Shakespeare nunca le reprocha a Otelo su color ni extranjería, ni directa ni indirectamente. Esto queda para Emilia, que no hará otra cosa al conocer la muerte de su ama.

Yago difiere considerablemente del alférez de Cinthio, empezando por el nombre significativo que recibe (Yago=(Sant-)Yago Matamoros). Su rango militar es el mismo que el del «alfieri», pero su relación con Otelo es de mayor subordinación (y su mujer es dama de compañía de Desdémona, no su amiga e igual, como en Cinthio). Desde el principio queda patente su odio al protagonista, suscitado aparentemente por la promoción de Casio. Los motivos del «alfieri» son claros y simples: la imposibilidad de gozar a Disdemona y su creencia de que el responsable de su fracaso es el capitán. En Yago hay algo del «alfieri», pero Shakespeare hace de él un personaje sumamente complejo, impulsado por móviles diversos y susceptible de distintas lecturas. Además, Yago es bastante más maquiavélico que su modelo: emborracha a Casio, hace a su mujer colaboradora inconsciente de su intriga y la mata al verse descubierto. Y no olvidemos que en la revelación del maquiavelismo de Yago desempeña un papel importante el personaje de Rodrigo (otro nombre español), inventado enteramente por Shakespeare.

Pero los cambios que introduce el autor en los móviles de los personajes se advierten en la acción, en la ironía estructural y dramática y, en general, en los procedimientos retóricos y poéticos que hacen de OTELO una de las tragedias más intensas del teatro universal.

IV

Si la caracterización es tan distinta respecto de Cinthio, la acción no lo es menos. La atención que Shakespeare dedica a la intriga distingue a OTELO de las demás «grandes tragedias» y la convierte en una obra eminentemente teatral. Las diferencias empiezan en el primer acto, que es invención del autor. Se desarrolla en Venecia y tiene un claro carácter introductorio. En el segundo, la acción se traslada a Chipre, donde continúa y concluye.

Las divisiones que puedan hacerse a partir de ahora dependerán del punto de vista adoptado. Si se atiende al desarrollo de la acción en relación al discurrir del tiempo, se advierte una parte que abarca desde el comienzo del acto II hasta el final de IV.i, es decir la llegada a Chipre, la destitución de Casio, la tentación de Otelo (escena central de la obra) y la agresión pública de este a Desdémona. Desde IV.ii (la «escena del burdel») hasta el final la acción transcurre por la noche sin interrupción y en correspondencia simétrica con el primer acto. Sin embargo, si se atiende más bien a la intriga de Yago, la división habría que hacerla al final de III.iii, en que Otelo ha sucumbido enteramente a la tentación de su alférez. La tercera parte, a partir de III.iv, estaría dedicada a las consecuencias de la tentación, que empiezan precisamente con la agresión pública de Otelo a Desdémona y terminan con la muerte de esta y el suicidio del protagonista.

Todo el primer acto, la primera parte del segundo, la «escena del burdel» (IV.ii), la escena de Desdémona y Emilia (IV.iii) y la escena final son invención de Shakespeare. Es a partir de II.iii cuando este empieza a seguir a Cinthio, concretamente cuando Casio hiere a Montano y es despedido por Otelo. Seguir a Cinthio significa sobre todo comprimir dramáticamente un material narrativo no muy compacto. Por lo general los espectadores admiran la compresión de la acción. Pero al leer o estudiar la obra se puede observar que Yago convence a Otelo de un adulterio para el cual no ha habido tiempo ni ocasión.

En efecto, Desdémona llega a Chipre después que Casio, a continuación llega Otelo y esa noche se consuma el matrimonio. A la mañana siguiente Yago logra convencer a Otelo de que su esposa le engaña con Casio. Desde luego, la «prueba» del pañuelo será decisiva, pero antes Yago ya ha logrado que Otelo llegue a dudar de Desdémona. ¿Cómo se explica esto?

Desde el siglo pasado se viene aceptando la explicación de John Wilson de que Shakespeare opera con dos relojes: uno da el «tiempo corto» o duración escénica, y el otro, el «tiempo largo» o duración «histórica» de la acción. Respecto a este último, se trata de dar al espectador la impresión subjetiva del transcurso de los días, semanas y aun meses. Shakespeare lo consigue mediante frecuentes referencias temporales que rebasan el tiempo escénico: Yago le ha pedido a Emilia «cien veces» que robe el pañuelo; si Casio ha hablado en sueños, no pudo hacerlo la noche anterior; hace una semana que Bianca no ve a Casio; Yago insinúa muchos actos de adulterio y Otelo dice al final que Desdémona cometió «mil veces» el acto indecente; Otelo tuvo un ataque de epilepsia ayer, etc.

Recientemente se ha dado al problema una explicación histórica. Según McGee, es erróneo creer que en tiempos de Shakespeare el «adulterio» de Desdémona se entendería como hoy, es decir como la infidelidad de una casada. Precisamente, el plan de Yago consistiría en sugerir que Desdémona había sido amante de Casio *desde antes de su matrimonio*. Lo que a primera vista parece un dislate deja de serlo si se tiene en cuenta el uso de los esponsales, que en Inglaterra (y también en España y otros países) tenían un carácter jurídico vinculante y en buena medida equiparable al matrimonio: la sociedad y el derecho consideraba adulterio la infidelidad durante el intervalo entre ambos. McGee aporta documentos según los cuales las parejas comprometidas ya se llamaban «marido» y «mujer», y pañuelos como el de Desdémona eran, al igual que los anillos, un regalo de esponsales. Sin embargo, como la validez jurídica de este uso tendía a desaparecer, se puede calcular que la visión «moderna» del adulterio de Desdémona empezaría hacia finales del siglo XVII.

Las diferencias de tiempo también se han explicado (Allen) como imperfecciones de composición, ya que la obra presenta dos partes diferenciadas y lo que se viene llamando tiempo

doble es realmente el resultado de haberlas unido imperfecta-
mente: Shakespeare habría escrito primero los actos III, IV y V,
y después los dos primeros. El argumento general más convin-
cente es que a partir del tercer acto el matrimonio de Otelo y
Desdémona no parece un suceso reciente (consumado la noche anterior), sino un hecho del pasado.

La explicación de McGee es sin duda meritoria y verosímil,
pero en una representación la rapidez de la acción no deja ver
la posible incongruencia del adulterio. Además, la explicación
histórica no invalida la teoría del tiempo doble, ya que, como
hemos visto, este no afecta solamente al supuesto adulterio de
Desdémona. Por otra parte, la idea de Allen es sugestiva, pero
no llega a desplazar a la del tiempo doble, por la cual, además,
se explica suficientemente la ilusión de tiempo transcurrido
desde la celebración y consumación del matrimonio. Habría
que insistir en la teatralidad de OTELO, con todo lo que lleva
consigo de convención e ilusión dramática, y muy especialmente en su curiosa paradoja teatral: si la acción no es rápida,
no es creíble, pero tampoco lo es si no «transcurre» bastante
tiempo.

V

Pero la teatralidad que resulta del desarrollo de la acción en
un doble esquema temporal depende esencialmente del elemento de conflicto. Este, a su vez, se apoya en una múltiple
red de relaciones: Yago/Otelo, Yago/Rodrigo, Yago/Casio,
Otelo/Desdémona, Brabancio/Otelo, Brabancio/Desdémona,
Emilia/Yago. Recordemos el conflictivo comienzo: Rodrigo
acusa a Yago de haberle ocultado algo importante que le atañe;
y precisamente a él, de cuyo dinero Yago dispone a su antojo.
Pero este desvía la hostilidad de Rodrigo hacia dos personajes
con los que se muestra especialmente resentido: el primero, un
oficial de alto rango (Otelo) que ha desestimado su solicitud
para el puesto de teniente; el segundo, «un tal Miguel Casio»,
el elegido para el puesto. Según Yago, Casio es un teórico sin

ninguna experiencia en el campo de batalla; en cambio, él, careciendo de «teoría libresca», se ha acreditado como soldado «en tierras cristianas y paganas» y tiene «antigüedad». Pero la queja de Yago no tarda en revelar la actitud personal y la óptica singular del personaje. Yago parte de una alta estimación de sí mismo y de sus méritos, e impone de tal modo su punto de vista que cabe preguntarse si no está mintiendo en todo o en parte (aunque a efectos dramáticos lo que más importa es la exposición de una actitud y unos sentimientos). No oculta su desprecio por Otelo, que, según él, se complace en su pompa y grandilocuencia. En cuanto al nuevo teniente, Yago le desdeña por sus estudios; por ser de Florencia, es decir por ser forastero y de la ciudad que inventó la contabilidad por partida doble (por lo tanto, «sacacuentas»); y, seguramente, por parecerle afeminado. Así, pues, Yago seguirá siendo el «alférez de Su Morería» y no tendrá motivos para estar a bien con «el moro». Por si Rodrigo no acaba de convencerse, Yago le aclara que sirve a Otelo para servirse de él, que desprecia por «honrado» al criado humilde y reverente, que finge obediencia por su propio interés y que «no es el que es».

Desde el comienzo, Shakespeare presenta un conflicto en el que una de las dos partes queda claramente definida por la vanidad, el resentimiento, la hipocresía y el maquiavelismo. Pero la presentación de Yago es claramente irónica, porque él también finge con Rodrigo y le sirve para servirse muy especialmente de él. Como quiere vengarse, utiliza a Rodrigo para provocar otro conflicto: se trata de despertar a Brabancio, padre de Desdémona, para contarle que su hija se ha fugado con Otelo. Una vez que han instigado al senador, Yago desaparecerá oportunamente, no sin antes recordar a Rodrigo que odia al moro «como a las penas del infierno» e informarle de su paradero para que Brabancio pueda sorprenderle con su hija.

La instigación vuelve a retratar a Yago, a la par que da cuenta de unos sentimientos colectivos que hoy día no dudaríamos en llamar xenófobos y racistas. Si Yago daba una versión despectiva de Casio, la imagen que se da de Otelo en esta

escena es claramente degradante. Ninguno de los personajes
le menciona por su nombre: él es «un moro», con todas las
connotaciones negativas de tipo religioso, natural y cultural
que solía tener el término para los contemporáneos de Shakespeare. Para Rodrigo, Otelo es «el Morros», «un moro lascivo»
y, en el mejor de los casos, «un extranjero errátil y sin patria».
Para Brabancio, un brujo capaz de corromper a su inocente
hija. Para Yago, un diablo, pero, sobre todo, un animal luju-
rioso: un «carnero negro» que está «montando» a la blanca
oveja Desdémona, un «caballo bereber» que puede convertir a
Brabancio en abuelo de «jacos y rocines» si este no se apre-
sura a impedirlo. Recordemos que poco antes Yago había
comparado al criado servicial con un borrico, y pronto com-
probaremos que su visión de la humanidad es indisociable de
la zoología.

Tras esta versión reductora, la presencia de Otelo en las dos
escenas siguientes dará una imagen opuesta del protagonista.
Frente a las incitaciones de Yago, Otelo se muestra imperturb-
bable, se presenta como aristócrata (aunque no lo proclamará
porque sería jactancioso), declara su amor por «la noble Desdémona» y se niega a esconderse. Frente al ataque de Brabancio y sus hombres responde, dueño de sí mismo, con su célebre «Envainad las espadas brillantes, que el rocío / va a
oxidarlas», y, cuando van a prenderle, se impone con firmeza
advirtiendo que «Si mi papel me exigiese pelear, / no habría
necesitado apuntador». Añadamos que los elementos visuales
de una representación también pueden coadyuvar a esta imagen favorable del protagonista: el Otelo de Laurence Olivier
entraba en escena luciendo una gran cruz sobre el pecho y
acentuando su felicidad de recién casado con una rosa roja en
la mano.

En la escena del Senado se expone abiertamente el conflicto
entre Brabancio y Otelo, que se extenderá también a Desdémona. Brabancio necesita creer que Otelo ha hechizado a su
hija para explicarse una unión tan antinatural (en sus acusa-
ciones alude repetidamente a «la naturaleza»). Otelo, que ex-

cusa su falta de elocuencia, responde elocuentemente contando la historia de su vida, que cautivó a Desdémona. Una historia en que las realidades e infortunios de la guerra se mezclan con los recuerdos exóticos (tierras lejanas, hombres salvajes, seres monstruosos). Desdémona confirma su amor por Otelo, cuyo rostro ha visto «en su alma», se declara consciente de los riesgos a que se expone y solicita permiso para acompañar a su esposo a la guerra de Chipre.

El conflicto se resuelve claramente en favor de Otelo y Desdémona y contra sus oponentes (Yago, Rodrigo y, en otro sentido, Brabancio). Como comenta el Dux, el negro ha resultado ser blanco (el verdadero negro es el blanco Yago). Otelo es su pasado y, por tanto, un ser excepcional. En una obra en que la percepción de los protagonistas por parte de los demás cuenta tanto o más que la manera como ellos mismos se presentan, este cambio de visión es importante. La imagen de Otelo ya no es la de un negro salvaje y lascivo, sino más bien la de un príncipe árabe o un maharajá, admirado y respetado por los senadores. Desdémona no es tampoco la hija rebelde o desobediente, sino la esposa noblemente enamorada que antepone lo humano a los usos, conveniencias y convenciones sociales. Como en *Romeo y Julieta, Troilo y Crésida* y *Antonio y Cleopatra,* Shakespeare ha orientado la respuesta del espectador en favor de los amantes que se enfrentan a circunstancias adversas de orden familiar, social o nacional, y, al igual que en estas obras, el amor se nos muestra como una nueva experiencia, un sentimiento que enaltece y transforma a quien lo vive hasta el punto de exigir su propia vida.

VI

El triunfo del amor en la primera fase de la obra ha llevado a hablar de unos elementos de comedia que se manifestarían de manera diversa: OTELO es una comedia al revés, los personajes de OTELO se basan inicialmente en los de la comedia del arte, el cornudo es esencialmente un personaje cómico, etc. La cuestión sería saber qué función cumplen estos ingredientes. Si no nos dejamos llevar por el sentimentalismo, podemos ver que Shakespeare emplea las convenciones cómicas para invertirlas irónica y trágicamente. El mundo de comedia de OTELO opera de dos modos distintos: el triunfo de los amantes despierta unas expectativas que contrastan con la tragedia que va generándose; la presencia de la comedia en la tragedia permite el contraste entre la excepcionalidad del protagonista y la «realidad» cotidiana que se le opone.

Para decirlo de otro modo, la victoria del amor en esta primera parte es más bien precaria. El protagonista se ha visto obligado a defender su posición de una forma que a algunos les ha parecido una complaciente dramatización de su persona. Pero el relato de su historia ante el Senado es completamente natural para él, aunque a nosotros pueda parecernos efectista o exótico. Ahora bien, su triunfo no le asegura el terreno que pisa: él no deja de ser un extraño, un *outsider*, y su defensa ante los senadores no logra ocultar una sensación de inseguridad. La grandilocuencia que Yago le atribuye viene a ser una reacción de autodefensa, ya que en otras circunstancias Otelo no se expresa así. Tal vez no sea ocioso señalar que Shakespeare conocía el libro de Contarini sobre la República de Venecia (*De Magistratibus et Republica Venetorum,* de 1543, traducido al inglés en 1599), según el cual la Serenísima tenía por norma defender sus dominios con soldados mercenarios extranjeros y no poner a la cabeza del ejército a ningún veneciano, sino a un capitán general extranjero. Ser respetado y admirado como tal es una cosa; casarse con una natural del país puede ser otra. Como observa Marienstras, Shakespeare no aclara si el Senado da a Otelo un veredicto favorable como acto de justicia o porque le necesita. Además, el aviso de Brabancio no puede ser más irónico: «Con ella, moro, siempre vigilante: / si a su padre engañó, puede engañarte». A lo que Otelo responderá con un no menos irónico: «¡Mi vida por su fidelidad!».

La presencia de Yago al final de la escena ofrece asimismo un marcado contraste con el triunfo amoroso de Otelo y Desdémona. Su plan ha fracasado, pero él volverá a atacar. Además, su tendencia a degradar se extiende ahora a toda la sociedad. Para él no hay virtud; el amor es lujuria; la nobleza, mera cuestión de superioridad; lo que cuenta es la fría voluntad; todo vínculo es frágil y vano; la bondad de la gente (incluida la de Otelo, que Yago reconoce) está para servirse de ella. Por lo tanto, el matrimonio de Otelo y Desdémona no puede durar y, desde luego, él se encargará de que no dure. El cambio de escena de Venecia a Chipre será una gran ayuda para Yago. En efecto, cuando en I.i Yago y Rodrigo informan a Brabancio del «robo» de su hija, este responde que están en Venecia, no en el campo. Venecia era célebre por su alto grado de civilización, y Shakespeare la convierte en la ciudad por antonomasia: un símbolo de orden, justicia y razón. En cambio, Chipre es una ciudadela situada en los confines de la civilización, y, aunque gobernada por Venecia, está más próxima a los turcos. Y es precisamente Otelo, el «moro salvaje», el converso, quien va a gobernarla y defenderla de los «infieles». Solo que, pasado este peligro, Chipre se torna caótica y los encargados del orden parecen «haberse vuelto turcos».

Yago es el artífice del caos. En su primer monólogo le cuenta al público su intención de coronar su voluntad con doble trampa, lo que consigue en Chipre. En cierto modo se puede decir que la primera es un ensayo de la segunda. En su triunfo sobre Casio ha podido ver que el impávido Otelo ha estado a punto de perder los estribos (y al comienzo del tercer acto hay claras indicaciones de que la expulsión de Casio fue una medida desproporcionada y de que Otelo quiere repararla). En la escena central, Yago no cejará en su acoso de Otelo hasta derribarle. Tal vez sea cierto que la reacción pasional del protagonista es más de lo que Yago esperaba; pero también es verdad que este se aprovecha de ella. Se inicia así un proceso que hace de OTELO la primera tragedia de Shakespeare, antes de *El rey Lear,* que explora y dramatiza sin reservas el sufrimiento de los personajes.

VII

«Qu'est-ce qu'Iago?», nos preguntamos con el Duque de Broglie. Pero, ¿hay una respuesta concluyente? El propio Yago se niega a darla. Sus últimas palabras parecen dirigidas a todos, personajes y público: «No me preguntéis. Lo que sabéis, sabéis. / Desde ahora no diré palabra». Pero si no podemos saber lo que es, al menos podemos saber lo que no es. Suele decirse que Yago es uno de los estudios más profundos del mal que haya hecho Shakespeare, acaso el más profundo. Aparte sus actos, que hablan por sí solos, Yago se complace en asociarse con el diablo y el infierno, y al final Otelo le llama semidiablo. De ahí que algunos críticos le vean como una personificación del mal, es decir como una encarnación alegórica. Se ha observado también la insistente presencia de imágenes y referencias diabólicas (si bien no todas aluden a Yago), cuyo número es curiosamente superior a las de una obra como *Macbeth*. Sin embargo, OTELO no es ninguna alegoría. La relación de Yago con el diablo es poética y retórica: en el teatro no actúa como personaje alegórico y en general el público no se indigna ni emociona ante abstracciones, sino ante personajes muy realistas. Wilson Knight, que definió las referencias «metafísicas» de la lengua de Otelo, previno contra el desastre dramático a que se exponía cualquier representación en la que lo alegórico se opusiera a lo íntimo y humano del drama. Lo alegórico o simbólico forma parte de un conjunto rico en imágenes sobrenaturales y teológicas que no se desarrollan dramáticamente más allá de su función expresiva.

En consecuencia, y por complejo que sea, Yago no deja de ser un personaje «humano» en el sentido de que actúa impulsado por motivos concretos. Otra cosa es que estos sean más o menos explícitos o coherentes. Ya hemos visto cuál es su móvil inicial y su filosofía de la vida. Pues bien, en su primer monólogo, es decir en la primera ocasión en que habla con absoluta sinceridad, el motivo de su exclusión para el puesto de teniente deja paso a otro, al parecer más grave: la sospecha de que su mujer le engaña con Otelo. Sobre ella volverá en su monólogo siguiente (al final de II.i). Como luego confirmará la misma Emilia en IV.ii, la sospecha carece de fundamento. Sin embargo, para Yago vale por un hecho: como él mismo dirá, la sola idea es como un veneno que le roe las entrañas. La explicación más probable es que Yago no puede soportar que nadie le compadezca o ridiculice por cornudo, puesto que rebajaría su imagen de sí mismo, sobre todo si quien le pone los cuernos es un superior al que odia y desprecia. Por otra parte, si la infidelidad de Emilia es imaginaria, el «amor» de Yago por Desdémona (II.i) es pura fantasía. Él mismo lo insinúa como un eventual motivo para saciar su venganza contra Otelo. Después ya no volverá a hablar de ello.

Lo que Yago revela en sus monólogos, en sus diálogos con Rodrigo y, en general, en su actuación más sincera, es un impulso egocéntrico y malsano que le lleva a negar, despreciar, odiar y, si es posible, aniquilar lo que no encaja en su concepción del mundo. La supuesta infidelidad de Emilia podría explicarse por la incapacidad de Yago de creer en los vínculos humanos y, por tanto, en la fidelidad de la mujer. Recuérdese su actuación (nunca mejor dicho) al llegar a Chipre mientras esperan a Otelo (II.i). Es un curioso episodio que a veces se suprime en el teatro y en el que presuntamente Shakespeare se propone mostrar el lado profano de la «divina Desdémona». Bastaría con decir que ella no es tan divina como la imagina Casio y que en esta escena entra en el juego de Yago con toda naturalidad y sin gazmoñería. Nada más. El centro de la reunión no es ella, sino Yago, quien entre bromas y veras va revelando su misoginia. Y si toda mujer es voluble e infiel, Emilia no es excepción. Seguramente es por esto por lo que Yago sospecha sin motivo que Casio también «se mete en su cama».

Además, el texto sugiere motivos ocultos, particularmente la preocupación de Yago por el concepto en que pueda ser tenido y su afán por mejorar su imagen social. En su detallado análisis, Bradley apuntaba su impresión de que Yago sería más bien de baja extracción social y que su falta de ciencia militar podría ser significativa. Sobre esta impresión elaboró Empson uno de sus estudios más agudos. Como ya he señalado, Yago se distingue del «alfieri» de Cinthio en su mayor subordinación respecto del moro, y Shakespeare refuerza esta relación haciendo a Emilia dama de compañía de Desdémona y no su igual como en Cinthio. Pues bien, Empson examina las connotaciones sociales de «honest» con que Otelo, Desdémona y Casio se dirigen a Yago, y especialmente el insulto social que encierra el epíteto. Y, aunque a veces lo alternan con «good Iago», el hecho es que le tratan con actitud condescendiente. Desde luego, Yago no racionaliza el sentimiento de insulto, pero hay indicios de que es sensible al tratamiento que recibe. En el monólogo que sigue a la destitución de Casio (II.iii), Yago ironiza varias veces con el adjetivo «honest». Y cuando Otelo y Desdémona se reúnen felizmente en Chipre (II.i), Yago, en un célebre aparte, anuncia su propósito de destemplar su armonía amorosa, añadiendo «as honest as I am» (que es como si dijera «y lo voy a hacer yo, a quien llamáis honrado y creéis un pobre hombre»).

Vista de este modo, la reacción de Yago contra Casio al comienzo de la obra parece dimanar de un resentimiento más hondo y no confesado: lo que hoy llamaríamos odio de clase. Shakespeare refuerza este contraste social haciendo de Casio el típico cortesano renacentista pródigo en galanterías y finuras que el vulgar Yago aborrece y repudia (recuérdese especialmente su grosero aparte en II.i, inmediatamente antes de anunciarse la llegada de Otelo a Chipre). Al mismo tiempo, se advierte que Yago se resiste a «quedarse atrás» y que aspira a no ser tratado como un inferior cuando la ocasión se presenta: una es hacia el final de IV.i, cuando, a juzgar por el texto, Yago se entromete en la conversación de Otelo, Desdémona y Ludovico; la otra, en V.i, la escena del ataque nocturno a Casio, en que Yago se dirige a Ludovico y Graciano con insólita familiaridad. Todo ello muestra a Yago como el otro *outsider* de la obra, extraño entre los suyos y semejante a Otelo en su deseo de integración y reconocimiento.

VIII

Cierta crítica simplista sintetizaba los personajes de Shakespeare en un solo concepto: Hamlet o la duda, Macbeth o la ambición, Otelo o los celos. De ser simplemente así, Shakespeare sería más fácil, pero también mucho menos interesante. En su sentido corriente, los celos podían ser un tema de comedia y, en todo caso, como simple drama de celos OTELO no pasaría de melodrama. Si hay tragedia es porque, más allá de los celos, Shakespeare expresa vigorosamente el sentido de una pérdida angustiosa, la ruina espiritual en la que cae Otelo y, sobre todo, el conflicto interno de quien cree que ha perdido a su amada y no puede dejar de quererla. Para llegar a situación tan extrema Shakespeare parte de otra no menos extrema, la del amor de Otelo y Desdémona. Recuérdese la exaltación de Otelo cuando encuentra a Desdémona en Chipre: sería muy feliz si muriese, pues teme que su gozo sea tan perfecto que ya nunca más pueda alcanzar una dicha semejante. Y en III.iii dice de Desdémona:

> Que se pierda mi alma
> si no te quisiera, y cuando ya no te quiera,
> habrá vuelto el caos.

Para Otelo, su amor tiene una dimensión sobrehumana. Las imágenes cósmicas con que Otelo alude a la muerte de Desdémona acentúan la singularidad de su sentimiento:

> Tendría que haber ahora un gran eclipse
> de sol y de luna, y el orbe, horrorizado,
> tendría que abrirse con esta alteración.

Se ha observado que la metamorfosis de Otelo se expresa especialmente en su adopción de la lengua de Yago, sobre todo en el uso de imágenes y referencias zoológicas. Pero lo más significativo de este cambio de expresión es que no excluye la anterior ni la sustituye del todo. Lo confirma el ejemplo citado, así como el monólogo de Otelo al comienzo de la última escena. Lo decisivo es que, al yuxtaponer el nuevo lenguaje con sus sentimientos más sinceros en la escena más sórdida y penosa (IV.ii), el sufrimiento de Otelo se expresa en toda su crudeza:

> Mas del ser en que he depositado el corazón,
> que me da vida y, si no, sería mi muerte,
> del manantial de donde nace o se seca
> mi corriente, ¡verme separado
> o tenerlo como ciénaga de sapos inmundos
> que se juntan y aparean...!

No es que Otelo no sea o esté celoso, sino que los celos no lo son todo. En esta tragedia de la incomprensión, Yago no puede entender la naturaleza de la relación entre Otelo y Desdémona. Queriendo desquitarse de Otelo por «meterse en su cama» (¿quién es el celoso?), se dispone a provocarle celos, pero no concibe que pueda causar algo más grave. Importa, pues, no adoptar su punto de vista (ni el de Emilia, que en esto es tan simple como él). En su último parlamento Otelo declara que no era dado a los celos. Ya en la escena de la tentación le había dicho a Yago que él no podría vivir una vida de celos: «No. Estar en la duda / es tomar la decisión». Shakespeare concibe a Otelo como hombre de acción, incapaz de reflexión y de matices, y, por tanto, hace que Yago aproveche la furia desatada para acelerar la «decisión». Entre tanto, Yago le irá atormentando la imaginación en un alarde de sadismo sexual que ya le vimos practicar con Brabancio en la primera escena.

IX

La naturaleza de su dolor no hace a Otelo menos culpable. Shakespeare nos ha mostrado sus puntos débiles: violencia y barbarie, al principio solo latente; irreflexión; inseguridad de extranjero de color, ignorante de «la realidad veneciana». Yago provoca y Otelo responde. De no ser así, la acción sería mecánica, es decir melodramática. Y no lo sería menos si Yago solo fuese un personaje subsidiario, un simple engranaje del mecanismo dramático, como quería Leavis. Pues si Yago representa algo que hay en Otelo, también en Otelo hay algo que representa Desdémona. Por otra parte, Otelo no es la única víctima de la intriga, pues Yago engaña a todos los demás, incluida su propia mujer. Importa, pues, distinguir entre el carácter de Otelo (los rasgos que le hacen vulnerable y le llevan a actuar salvajemente) y el agente exterior que lo provoca.

El efecto de la provocación es que Otelo se ve a sí mismo con los ojos de Yago y de Brabancio, y, si por un lado sufre la destrucción de su ideal, por otro se ve obligado a «hacer justicia». Pero, como dice Bruto en *Julio César,* desde el primer impulso hasta la comisión del acto el intervalo es como un delirio o una pesadilla. En *Julio César* Shakespeare no realiza la pesadilla. En OTELO la proyecta en la «escena del burdel» (IV.ii) y la lleva a término en la escena final: las emociones que se despiertan en el lector o espectador objetivan el estado de ánimo del protagonista. Ya he hablado de los rasgos que definen su estado. Ahora hay que añadir el conflicto, manifiesto en la última escena, entre justicia y amor, entre el sacrificio previsto y el inevitable crimen. Se advierte en las palabras de Otelo a Desdémona antes de matarla:

> ¡Ah, perjura! Me pones de piedra el corazón
> y vuelves crimen mi propósito,
> cuando yo lo creía sacrificio.

Como Bruto en *Julio César,* Otelo también se engaña a sí mismo creyendo que un crimen puede ser llamado sacrificio. Pero si lo cree es porque «sacrificio», aunque impropio, expresa mejor sus sentimientos y es la consecuencia de la «justicia» que piensa aplicar. Solo que acaba siendo justicia descarriada, fuerza bruta contra un ser inocente e indefenso.

Muerta Desdémona y desenmascarado Yago, Otelo ya sabe que ha llegado al «último puerto de su viaje». Pero Shakespeare no lo concluirá sin subrayar definitivamente la transformación del héroe trágico. Ya antes (IV.i) Ludovico se había referido al cambio de Otelo tras presenciar la humillación pública inferida a Desdémona:

> ¿Es este el noble moro a quien todo el Senado
> creía tan entero? ¿Es este el ánimo
> al que no conmovía la emoción,
> la firmeza que no roza ni traspasa
> la flecha o el disparo del azar?

Y al final le dirá al protagonista: «¡Ah, Otelo! Antes tan noble, / caído en la trampa de un maldito infame». El propio Otelo había sido más contundente: «Aquí está el que fue Otelo».

Esta transformación no es un elemento más de la tragedia. A diferencia de Bruto o de Hamlet, Otelo tendrá que escribir su propio epitafio. Es precisamente su condición fundamental de héroe trágico lo que le lleva a hacerlo. Para él no se trata de reivindicar una gloria irremisiblemente perdida, ni de darse ánimos en un rapto de teatralidad, como pensaba T.S. Eliot, sino de dejar constancia de su caso en sus justos términos, «sin atenuar, / sin rebajar adversamente». En su parlamento final se mezclan su antigua entereza y la angustia del héroe destrozado. La versión que deja de sí mismo demuestra que es consciente de su degradación y de su pérdida: Otelo se identifica con el indio salvaje que «tiró una perla / más valiosa que su tribu» y con el turco que «infamó a la República» y habrá de pagarlo con la muerte, con su propia muerte. Con ella se habrá completado el cuadro trágico, tan inquietante e incómodo que la autoridad veneciana mandará taparlo antes de abandonar el escenario.

ÁNGEL-LUIS PUJANTE

BIBLIOGRAFÍA SELECTA

EDICIONES

1.ª ed. en cuarto (Q), 1622, en *Shakespeare's Plays in Quarto* (a facsimile edition, eds. M.J.B. Allen & K. Muir, Berkeley, 1981).

The First Folio of Shakespeare, 1623 (The Norton Facsimile, prepared by C. Hinman, New York, 1968).

Ed. H. H. FURNESS (New Variorum Edition), Philadelphia & London, 1886 (repr. New York, 1968).

Ed. A. WALKER & J. DOVER WILSON (The New Shakespeare), Cambridge, 1957.

Ed. M. R. RIDLEY (New Arden Shakespeare), London, 1958.

Ed. K. MUIR (New Penguin Shakespeare), Harmondsworth, 1968.

Ed. G. SALGADO (New Swan Shakespeare), London, 1976.

Ed. N. SANDERS (New Cambridge Shakespeare), Cambridge, 1984.

Gen. eds. S. WELLS & G. TAYLOR, *The Complete Works,* Oxford, 1986.

ESTUDIOS

ADAMSON, J., *«Othello» as Tragedy.* Cambridge, 1980.

ALLEN, N. B., «The Two Parts of *Othello»*, *Shakespeare Survey,* 21, 1968, págs. 13-29.

AUDEN, W. H., «The Joker in the Pack», en su *The Dyer's Hand.* New York, 1962.

BAYLEY, J., *Shakespeare and Tragedy.* London, 1981.

BETHELL, S., «Shakespeare Imagery: The Diabolic Images in *Othello*», *Shakespeare Survey,* 5, 1952, págs. 62-80.

BRADLEY, A. C., *Shakespearean Tragedy.* London, 1985 (1904).

DORAN, M., *Shakespeare's Dramatic Language.* Madison & London, 1976.

ELIOT, T. S., «Shakespeare and the Stoicism of Seneca», en su *Selected Essays.* London, 1951 (1932).

EMPSON, W., «Honest in *Othello*», en su *The Structure of Complex Words.* London, 1951.

EVERETT, B., «Reflections on the Sentimentalist's Othello», *Critical Quarterly,* 3, 1961, págs. 127-139.

—, «'Spanish' Othello», *Shakespeare Survey,* 35, 1982, págs. 101-112.

FIEDLER, L., *The Stranger in Shakespeare.* London, 1973.

FRASER, J., «Othello and Honour», *The Critical Review,* 8, 1965, págs. 59-70.

GARDNER, H., «The Noble Moor», *Proceedings of the British Academy,* 41, 1955.

GERARD, A., «'Egregiously An Ass': The Dark Side of the Moor. A View of Othello's Mind», *Shakespeare Survey,* 10, 1957, págs. 98-106.

GODFREY, D. R., «Shakespeare and the Green-Eyed Monster», *Neophilologus,* 56, 1972, págs. 207-219.

GRANVILLE-BARKER, H., *Prefaces to Shakespeare,* vol. 5. London, 1982 (1930).

HEILMAN, R. B., «More Fair Than Black: Light and Dark in *Othello*», *Essays in Criticism,* I, 4, 1951, págs. 315-335.

HIBBARD, G. R., «*Othello* and the Pattern of Shakespearean Tragedy», *Shakespeare Survey,* 21, 1968, págs. 39-46.

HOLLAND, P., «The Resources of Characterization in *Othello*», *Shakespeare Survey,* 41, 1989, págs. 119-132.

HOLLOWAY, J., *The Story of the Night.* London, 1964.

HONIGMANN, E. A. J., *Shakespeare: Seven Tragedies*. London, 1976.

HYMAN, S. E., *Iago: Some Approaches to the Illusion of his Motivation*. London, 1971.

JONES, Eldred, *Othello's Countrymen*. London, 1965.

JONES, Emrys: «*Othello,* Lepanto and the Cyprus Wars», *Shakespeare Survey,* 21, 1968, págs. 47-52.

KNIGHT, G. Wilson, «The *Othello* Music», en su *The Wheel of Fire*. London, 1957.

LEAVIS, F. R., «Diabolical Intellect and the Noble Hero - or The Sentimentalist's Othello», en su *The Common Pursuit*. London, 1962.

LERNER, L., «The Machiavel and the Moor», *Essays in Criticism,* IX, 4, 1959, págs. 339-360.

MARIENSTRAS, R., «La dégradation des vertues héroïques dans *Othello* et dans *Coriolan*», *Études Anglaises,* XVII, 1964, págs. 372-389.

—, *New Perspectives on the Shakespearean World*. Cambridge, 1985.

McDONALD, R., «Othello, Thorello, and the Problem of the Foolish Hero», *Shakespeare Quarterly,* 30, 1979, págs. 51-67.

McGEE, A., «Othello's Motive for Murder», *Shakespeare Quarterly,* 15, 1964, págs. 45-54.

MELCHIORI, G., «The Rhetoric of Character Construction: *Othello*», *Shakespeare Survey,* 34, 1981, págs. 61-72.

MINCOFF, M., «The Structural Pattern of Shakespeare's Tragedies», *Shakespeare Survey,* 3, 1950, págs. 58-65.

MIOLA, R., «Othello *Furens*», *Shakespeare Quarterly,* 41, 1, 1990, págs. 49-64.

MOROZOV, M. M., «The Individualization of Shakespeare's Characters through Imagery», *Shakespeare Survey,* 2, 1949, págs. 83-106.

MUIR, K., *Shakespeare's Tragic Sequence*. Liverpool, 1979.

MUIR, K. & EDWARDS, P. (eds.), *Aspects of Othello*. Cambridge, 1977.

NEELY, C. T., «Women and Men in *Othello*», *Shakespeare Studies,* 10, 1977, págs. 133-158.

NOWOTTNY, W., «Justice and Love in *Othello*», *University of Toronto Quarterly,* 21, 1952, págs. 330-344.

NUTTALL, A. D., *A New Mimesis: Shakespeare and the Representation of Reality.* London & New York, 1983.

PALMER, D. J., «The Self-Awareness of the Tragic Hero», en Bradbury, M. & Palmer, D. J. (eds.), *Shakespearean Tragedy* (Stratford-upon-Avon Studies, 20). London, 1984.

PORTILLO, R., «El moro y el monstruo: aproximación crítica a OTHELLO», en Depart. de Inglés UNED, *Encuentros con Shakespeare.* Madrid, 1985.

PRIOR, M., «Character in Relation to Action in *Othello*», *Modern Philology,* 44, 1947, págs. 225-237.

ROGERS, S., *«Othello:* Comedy in Reverse», *Shakespeare Quarterly,* 24, 1973, págs. 210-220.

ROSENBERG, M., *The Masks of Othello.* Berkeley, 1961.

SCRAGG, L., «Iago - Vice or Devil», *Shakespeare Survey,* 21, 1968, págs. 53-65.

SNYDER, S., *The Comic Matrix of Shakespeare's Tragedies.* Princeton, 1979.

SPIVACK, B., *Shakespeare and the Allegory of Evil.* New York, 1958.

WAIN, J. (ed.), *Shakespeare: Othello.* London, 1971.

WINE, M. L., *Othello: Text and Performance.* London, 1984.

NOTA PRELIMINAR

El texto inglés de OTELO se publicó después de la muerte de Shakespeare en dos ediciones notablemente distintas con el título de *The Tragedie of Othello, the Moore of Venice*. La primera, en cuarto (Q), data de 1622. La segunda es la incluida en el primer infolio (F) de las obras dramáticas de Shakespeare, publicado al año siguiente. F contiene unos ciento sesenta versos más que Q, mientras que en esta aparecen versos y enunciados ausentes en F. En cuanto al vocabulario y las acotaciones escénicas, hay más de mil variantes entre ambos textos, además de las diferencias de puntuación y grafía. Entre las omisiones de F se cuentan especialmente los juramentos, que fueron suprimidos en virtud de las nuevas disposiciones contra la irreverencia y la blasfemia. No hay acuerdo entre los especialistas sobre el origen de los textos o la eventual intervención del autor en su preparación. En consecuencia, bastantes ediciones modernas consisten en una colación de los dos textos originales.

La presente traducción se basa principalmente en F, pero incorpora, puestos entre corchetes dobles, los pasajes principales de Q omitidos en F. Además, acepta bastantes lecturas de Q, así como alguna variante de ediciones posteriores, e incluye las acotaciones de esta edición ausentes en F. Por último, el lector interesado encontrará en el Apéndice (véanse págs. 191-193) un índice de los principales pasajes exclusivos de F. En cuanto a las acotaciones, las pocas que añado, puestas entre corchetes, son de uso común en las ediciones modernas (que incorporan bastantes más) y suelen estar avaladas por el contexto o la tradición escénica. El punto y raya que a veces aparece en el diálogo intenta aclarar, sin necesidad de añadir más acotaciones, lo que generalmente es un cambio de interlocutor. Como en las primeras ediciones, se omite la localización escénica, y, aunque no se prescinde de la división en actos y escenas, ya presente en F, tampoco se la destaca tipográficamente ni se dejan grandes huecos entre escenas: el espacio escénico del teatro isabelino era abierto y carecía de la escenografía realista de épocas posteriores. El lugar de la acción venía indicado o sugerido por el texto y el actor, y al parecer, la obra se representaba sin interrupción.

*

Mi traducción de OTELO fue publicada en 1989 por la Universidad de Murcia y en 1991 en la colección Austral. Al relanzarse la colección en nuevo formato, he aprovechado la oportunidad para revisar tanto la traducción como la introducción y las notas. Como mis otras traducciones de Shakespeare para Espasa Calpe, la presente aspira a ser fiel a la naturaleza dramática de la obra, a la lengua de Shakespeare y al idioma del lector[3]. He tratado de sugerir el medio expresivo (prosa, verso y rimas ocasionales), así como la variedad estilística del original, sin cuya reproducción toda traducción de Shakespeare resulta monocorde. También he querido traducir como tales las canciones de la obra, de modo que el texto castellano se ajuste a la partitura (melodía, ritmo y compases; véanse en el Apéndice). En cuanto al verso, y al igual que en mis otras

---

[3] El tema de este párrafo lo he tratado por extenso en mi trabajo «Traducir el teatro isabelino, especialmente Shakespeare», en *Cuadernos de Teatro Clásico*, núm. 4, Madrid, 1989, págs. 133-157, y más sucintamente en «Traducir Shakespeare: mis tres fidelidades», en *Vasos Comunicantes*, 5, Madrid, Otoño 1995, págs. 11-21.

traducciones, empleo el verso libre por parecerme el medio más idóneo para reproducir el verso suelto no rimado del original, ya que permite trasladar el sentido sin desatender los recursos estilísticos ni prescindir de la andadura rítmica.

*

No puede faltar mi agradecimiento a cuantos de un modo u otro me han ayudado en esta edición: Veronica Maher, Eloy Sánchez Rosillo, Pedro García Montalvo, Mariano de Paco y Miguel Ángel Centenero. A todos ellos, mi gratitud más sincera.

A.-L. P.

OTELO

DRAMATIS PERSONAE *

OTELO, el moro [general al servicio de Venecia]
BRABANCIO, padre de Desdémona [senador de Venecia]
CASIO, honrado teniente [de Otelo]
YAGO, un malvado [alférez de Otelo]
RODRIGO, un caballero engañado
El DUX de Venecia
SENADORES [de Venecia]
MONTANO, gobernador de Chipre
CABALLEROS de Chipre
LUDOVICO ⎫   ⎧ [pariente de Brabancio]
         ⎬ dos nobles venecianos ⎨
GRACIANO ⎭   ⎩ [hermano de Brabancio]
MARINEROS
El GRACIOSO, [criado de Otelo]
DESDÉMONA, esposa de Otelo [e hija de Brabancio]
EMILIA, esposa de Yago
BIANCA, cortesana [amante de Casio]
[Mensajeros, guardias, heraldo, caballeros, músicos y acompañamiento]

---

* Esta relación se atiene a la lista que, con el encabezamiento «The Names of the Actors», aparece al final del texto de F (véase Nota preliminar, pág. 35). Los añadidos entre corchetes se basan en los de diversas ediciones modernas.

El nombre de Otelo (en el original «Othello») tal vez proceda de «Thorello», marido celoso de la comedia *Every Man In His Humour,* de Ben Jonson, anterior a la tragedia de Shakespeare y en la cual actuó este. La transposición quizá esté basada en las primeras letras de «Othoman».

Sobre el nombre de Yago véase Introducción, pág. 15.

El nombre de Desdémona procede del relato de Cinthio, en que es el único personaje nominado, y viene del griego *dysdaímon,* «infortunado».

LA TRAGEDIA DE OTELO,
EL MORO DE VENECIA

I.i   *Entran* RODRIGO *y* YAGO.

RODRIGO
    ¡Calla, no sigas! Me disgusta muchísimo
    que tú, Yago, que manejas mi bolsa
    como si fuera tuya, no me lo hayas dicho.
YAGO
    Voto a Dios, ¡si no me escuchas!
    Aborréceme si yo he soñado
    nada semejante.
RODRIGO
    Me decías que le odiabas.
YAGO
    Despréciame si es falso. Tres magnates
    de Venecia se descubren ante él
    y le piden que me nombre su teniente;
    y te juro que menos no merezco,
    que yo sé lo que valgo. Mas él, enamorado
    de su propia majestad y de su verbo,
    los evade con rodeos ampulosos
    hinchados de términos marciales
    y acaba denegándoles la súplica.
    Les dice: «Ya he nombrado a mi oficial».
    Y, ¿quién es él?

Pardiez, todo un matemático[1],
un tal Miguel Casio, un florentino,
ya casi condenado a mujercita,
que jamás puso una escuadra sobre el campo
ni sabe disponer un batallón
mejor que una hilandera...si no es con teoría
libresca, de la cual también saben hablar
los cónsules togados. Mera plática sin práctica
es toda su milicia. Mas le ha dado el puesto,
y a mí, a quien ha visto dar pruebas en Rodas,
en Chipre y en tierras cristianas y paganas,
me deja a la zaga y a la sombra
del debe y el haber. Y este sacacuentas
es, en buena hora, su teniente, y yo,
vaya por Dios, el alférez de Su Morería[2].

RODRIGO

¡El colmo! Yo antes sería su verdugo.

YAGO

Pues ya lo ves. Son los gajes del soldado:
los ascensos se rigen por el libro y el afecto,
no según antigüedad, por la cual el segundo
siempre sucede al primero. Conque juzga
si tengo algún motivo para estar
a bien con el moro.

RODRIGO

Yo no le serviría.

YAGO

Pierde cuidado.
Le sirvo para servirme de él.

---

[1] Es decir, Casio tiene estudios. Como puede verse unos versos más adelante, en la mente de Yago se mezclan el militar «matemático» y el «sacacuentas» florentino: Florencia era famosa por sus bancos y banqueros, y en
ella se inventó la contabilidad por partida doble.
[2] Además de alférez en el sentido antiguo de «abanderado», Yago parece
más bien el edecán o ayudante personal de Otelo, acaso porque entonces las
funciones de un abanderado eran más amplias que en nuestros días.

Ni todos podemos ser amos, ni a todos
los amos podemos fielmente servir.
Ahí tienes al criado humilde y reverente,
prendado de su propio servilismo,
que, como el burro de la casa, solo vive
para el pienso; y de viejo, lo licencian.
¡Que lo cuelguen por honrado! Otros,
revestidos de aparente sumisión,
por dentro solo cuidan de sí mismos
y, dando muestras de servicio a sus señores,
medran a su costa; hecha su jugada,
se sirven a sí mismos. En estos sí que hay alma,
y yo me cuento entre ellos.
Pues, tan verdad como que tú eres Rodrigo,
si yo fuera el moro, no habría ningún Yago.
Sirviéndole a él, me sirvo a mí mismo.
Dios sabe que no actúo por afecto ni obediencia,
sino que aparento por mi propio interés.
Pues el día en que mis actos manifiesten
la índole y verdad de mi ánimo
en exterior correspondencia, ya verás
qué pronto llevo el corazón en la mano
para que piquen los bobos. Yo no soy el que soy [3].

RODRIGO

Si todo le sale bien,
¡vaya suerte la del Morros!

YAGO

Llama al padre. Al moro despiértalo,
acósalo, envenena su placer, denúncialo
en las calles, irrita a los parientes de ella,
y, si vive en un mundo delicioso,
inféstalo de moscas; si grande es su dicha,

---

[3]   Puede entenderse como la cifra y compendio de la hipocresía de Yago,
tal como acaba de exponérsela a Rodrigo, sin olvidar que la frase es la nega-
ción de «Soy el que soy» con que Dios se reveló a Moisés (*Éxodo,* 3, 14).

inventa ocasiones de amargársela
y dejarla deslucida.

RODRIGO

Aquí vive el padre. Voy a dar voces.

YAGO

Tú grita en un tono de miedo y horror,
como cuando, en el descuido de la noche,
estalla un incendio en ciudad populosa.

RODRIGO

¡Eh, Brabancio! *¡Signor* Brabancio, eh!

YAGO

¡Despertad! ¡Eh, Brabancio! ¡Ladrones, ladrones!
¡Cuidad de vuestra casa, vuestra hija
y vuestras bolsas! ¡Ladrones, ladrones!

BRABANCIO [*se asoma*] *a una ventana.*

BRABANCIO

¿A qué se deben esos gritos de espanto?
¿Qué os trae aquí?

RODRIGO

Señor, ¿vuestra familia está en casa?

YAGO

¿Y las puertas bien cerradas?

BRABANCIO

¿Por qué lo preguntáis?

YAGO

¡Demonios, señor, que os roban! ¡Vamos, vestíos!
¡El corazón se os ha roto, se os ha partido el alma!
Ahora, ahora, ahora mismo un viejo carnero negro
está montando a vuestra blanca ovejita. ¡Arriba!
Despertad con la campana a los que roncan,
si no queréis que el diablo os haga abuelo.
¡Vamos, arriba!

BRABANCIO

¡Cómo! ¿Habéis perdido el juicio?

RODRIGO
 Honorable señor, ¿me conocéis por la voz?
BRABANCIO
 No. ¿Quién sois?
RODRIGO
 Me llamo Rodrigo.
BRABANCIO
 ¡Mal hallado seas! Te he prohibido
 que rondes mi casa; te he dicho
 con toda claridad que para ti no es mi hija,
 y ahora, frenético, lleno de comida
 y bebidas embriagantes, vienes
 de malévolo alboroto turbando mi reposo.
RODRIGO
 Señor, señor...
BRABANCIO
 No te quepa duda
 de que mi ánimo y mi puesto tienen fuerza
 para hacerte pagar esto.
RODRIGO
 Calmaos, señor.
BRABANCIO
 ¿Qué me cuentas de robos? Estamos en Venecia;
 yo no vivo en el campo.
RODRIGO
 Muy respetable Brabancio, acudo a vos
 con lealtad y buena fe.
YAGO
 ¡Voto al cielo! Sois de los que no sirven a Dios porque lo
 manda el diablo. Venimos a ayudaros y nos tratáis como
 salvajes. ¿Queréis que a vuestra hija la cubra un caballo be-
 reber y vuestros nietos os relinchen? ¿Queréis tener jacos y
 rocines en lugar de allegados y parientes?
BRABANCIO
 ¿Y quién eres tú, desvergonzado?

YAGO

Uno que viene a deciros que vuestra hija y el moro están jugando a la bestia de dos espaldas[4].

BRABANCIO

¡Miserable!

YAGO

Y vos, senador.

BRABANCIO

Rodrigo, de esto me responderás.

RODRIGO

Y de cualquier cosa, señor. Mas atendedme:
si por vuestro deseo y sabia decisión,
como en parte lo parece, vuestra bella hija,
a esta hora soñolienta de la noche,
no es llevada, sin otra custodia
que la de un gondolero de alquiler,
a los brazos groseros de un moro lascivo...
Si todo esto lo sabéis y autorizáis,
llamadnos con razón atrevidos e insolentes.
Si no, faltáis a las buenas costumbres
con vuestra injusta condena. No penséis
que, adverso a las normas de cortesanía,
he venido a burlarme de Vuestra Excelencia.
Lo repito: vuestra hija, si no le disteis
permiso, se rebela contra vos entregando
belleza, obediencia, razón y ventura
a un extranjero errátil y sin patria.
Comprobadlo vos mismo:
si está en su aposento o en la casa,
caiga sobre mí toda la justicia
por haberos engañado.

BRABANCIO

¡Encended luces! ¡Traedme una vela!

---

[4]   La expresión procede de Rabelais, *Gargantúa y Pantagruel*, 1, iii («La
beste à deux dos»).

¡Despertad a toda mi gente!
He soñado una desgracia como esta
y me angustia pensar que es real.
¡Luces! ¡Luces!

Sale.

YAGO

Adiós, te dejo. En mi puesto
no es prudente ni oportuno ser llamado
a declarar contra el moro y, si me quedo,
habré de hacerlo. Sé que el Estado,
aunque por esto le lea la cartilla,
no puede despedirle: le han confiado
con muy clara razón la guerra de Chipre,
que ya es inminente, pues, si quieren salvarse,
de su calibre no tienen a nadie
capaz de llevarla. Por todo lo cual,
aunque le odio como a las penas del infierno,
las necesidades del momento me obligan
a mostrar la enseña y bandera del afecto,
que no es sino apariencia. Si quieres encontrarle,
lleva la cuadrilla al *Sagitario*[5],
que allí estaré con él. Adiós.

Sale.
Entran BRABANCIO *y criados con antorchas.*

BRABANCIO

La desgracia era cierta. No está,
y el resto de mi vida miserable
será una amargura.— Dime, Rodrigo,
¿dónde la has visto? — ¡Ah, desdichada! —

---

[5]   Explicado generalmente como el nombre de la casa u hostería donde se
alojan Otelo y Desdémona.

¿Dices que con el moro? — ¡Ser padre para esto! —
¿Cómo sabes que era ella? — ¡Quién lo iba a pensar! —
¿Qué te dijo? — ¡Más luces! ¡Despertad a toda
mi familia! — Y, ¿crees que se han casado?

RODRIGO
Yo creo que sí.

BRABANCIO
¡Santo Dios! ¿Cómo salió? ¡Ah, sangre traidora!
Padres, desde ahora no os fiéis del corazón
de vuestras hijas por meras apariencias.
¿No hay encantamientos que puedan corromper
a muchachas inocentes? Rodrigo,
¿tú has leído algo de esto?

RODRIGO
Sí, señor, lo he leído.

BRABANCIO
¡Despertad a mi hermano! — ¡Ojalá fuera tuya! —
Unos por un lado, otros por otro.— ¿Sabes
dónde podemos capturarla con el moro?

RODRIGO
A él creo que puedo hallarle, si os hacéis
con una buena escolta y me seguís.

BRABANCIO
Pues abre la marcha. Llamaré en todas las casas;
me darán ayuda en muchas.— ¡Armas!
¡Y traed a la guardia nocturna! —
Vamos, buen Rodrigo; serás recompensado.

Salen.

I.ii   *Entran* OTELO, YAGO *y criados con antorchas.*

YAGO
Aunque he matado hombres en la guerra,
por principio de conciencia no puedo

matar con premeditación. Los escrúpulos
suelen estorbarme. No sé cuántas veces
he estado por hincárselo aquí, bajo las costillas.

OTELO

Más vale que no.

YAGO

Sí, pero él parloteaba y decía
palabras tan groseras e insultantes
contra vos que mi escasa caridad
apenas me servía para sufrirlo.
Mas decidme, señor, ¿estáis ya casado?
Tened por cierto que el senador
es muy estimado, y la fuerza de su voto
puede doblar a la del Dux. Si no os descasa,
os impondrá cortapisas y castigos
con todo el campo libre que la ley
deje a un hombre de su mando.

OTELO

Que haga lo imposible.
Mis servicios a la Serenísima
acallarán sus protestas. Se ignora
(y pienso proclamarlo cuando sepa
que la jactancia es virtud)
que soy de regia cuna y que mis méritos
están a la par de la espléndida fortuna
que he alcanzado. Te aseguro, Yago,
que, si yo no quisiera a la noble Desdémona,
no expondría mi libre y exenta condición
a reclusiones ni límites por todos
los tesoros de la mar. ¿Qué luces son esas?

YAGO

Es el padre con sus hombres.
Más vale que entréis.

OTELO

No. Que me encuentren. Mis prendas,
mi rango y la paz de mi conciencia
darán fe de mi persona. ¿Son ellos?

YAGO

Por Jano [6], creo que no.

Entran CASIO *y guardias con antorchas.*

OTELO

¡Servidores del Dux y mi teniente!
La noche os sea propicia, amigos.
¿Alguna novedad?

CASIO

El Dux os saluda, general,
y requiere vuestra pronta presencia;
inmediata si es posible.

OTELO

¿Conocéis el motivo?

CASIO

Parece ser que noticias de Chipre.
Algo apremiante: esta noche las galeras
enviaron a doce mensajeros, uno tras otro,
todos muy seguidos, y los cónsules
ya están levantados y reunidos con el Dux.
Os han convocado urgentemente.
Al no haberos hallado en vuestra casa,
el Senado envió en vuestra busca
a tres cuadrillas.

OTELO

Mejor si me habéis hallado vos.
Hablaré con alguien en la casa
y voy con vos.

[*Sale.*]

CASIO

Alférez, ¿qué hace él aquí?

---

[6] Juramento muy apropiado en boca de Yago: Jano era el dios de las dos
caras.

YAGO

Es que tomó al abordaje una nave de tierra;
si la presa es legal, ¡menuda fortuna!

CASIO

No entiendo.

YAGO

Se ha casado.

CASIO

¿Con quién?

[*Entra* OTELO.]

YAGO

Pues con...— ¿Vamos, general?

OTELO

Vamos.

CASIO

Aquí viene otro grupo en vuestra busca.

Entran BRABANCIO, RODRIGO *y guardias con
antorchas y armas.*

YAGO

Es Brabancio. En guardia, general,
que viene con malas intenciones.

OTELO

¡Alto!

RODRIGO

Señor, es el moro.

BRABANCIO

¡Ladrón! ¡Abajo con él!

YAGO

¿Tú, Rodrigo? Vamos, aquí me tienes.

OTELO

Envainad las espadas brillantes, que el rocío
va a oxidarlas.— Señor, dominaréis mucho más
con la edad que con las armas.

BRABANCIO

Infame ladrón, ¿dónde tienes a mi hija?
Estabas condenado y tenías que embrujarla.
Lo someto al dictamen de los cuerdos:
si no la encadena la magia, no se entiende
que muchacha tan dulce, gentil y dichosa,
tan adversa al matrimonio que rehusó
a nuestros favoritos más ricos y galanos,
se exponga a la pública irrisión, abandonando
su tutela para caer en el pecho tiznado
de un ser como tú que asusta y repugna.
Que el mundo me juzgue si no es manifiesto
que lanzaste contra ella tus viles hechizos,
corrompiendo su tierna juventud
con pócimas y filtros que embotan los sentidos.
Haré que lo examinen: se puede probar,
es verosímil. Así que te detengo
por ser un corruptor, un oficiante
de artes clandestinas y proscritas.—
¡Prendedle! Si se resiste,
reducidle por la fuerza.

OTELO

¡Quietos todos, los de mi bando y el resto!
Si mi papel me exigiese pelear,
no habría necesitado apuntador.—
¿Dónde queréis que responda a vuestros cargos?

BRABANCIO

En la cárcel, hasta que seas llamado
cuando lo disponga la ley y la justicia.

OTELO

Y, si obedezco, ¿cómo voy
a complacer al Dux, que me manda
llamar por medio de estos mensajeros
para un asunto perentorio del Estado?

GUARDIA

Es cierto, Excelencia. El Dux

convocó al consejo, y me consta
que os mandó llamar.

BRABANCIO

¡Cómo! ¿Que convocó al consejo?
¿A estas horas de la noche? — Llevadle allá.
Mi asunto no es vano. El Dux mismo
y cualquiera de los otros senadores
sentirán este ultraje como suyo.
Si actos semejantes tienen paso franco,
pronto mandarán los infieles y esclavos.

Salen.

I.iii   *El* DUX *y los* SENADORES *sentados alrededor de una
mesa; antorchas y guardias.*

DUX

Las noticias no concuerdan
y no podemos darles crédito.

SENADOR 1.º

Son contradictorias.
Mi carta dice ciento siete galeras.

DUX

La mía, ciento cuarenta.

SENADOR 2.º

Y la mía, doscientas. Sin embargo,
aunque no haya coincidencia de número
(pues en casos de cálculo suele haber
diferencias), todas ellas hablan
de una escuadra turca con rumbo a Chipre.

DUX

Sí, bien mirado es muy posible.
Las diferencias no me tranquilizan
y lo esencial me parece preocupante.

MARINERO [*desde dentro*]
¡Eh-eh! ¡Eh-eh! ¡Eh-eh!

Entra.

GUARDIA
Mensajero procedente de las naves.
DUX
¿Hay noticias?
MARINERO
La escuadra turca se dirige a Rodas.
Tal es el mensaje que me dio para el Senado
el *signor* Angelo.
DUX
¿Qué opináis de este cambio?
SENADOR 1.º
No es posible; carece de sentido.
Es un señuelo para burlar nuestra atención.
Consideremos la importancia de Chipre
para el turco y entendamos que le importa
más que Rodas, pues el turco
puede conquistarla en fácil combate:
ni está en condiciones de luchar,
ni tiene las defensas que protegen
a Rodas. Reparando en todo esto
no vayamos a pensar que el turco
sea tan torpe que aplace hasta el final
lo que desea al principio, abandonando
una conquista realizable y ventajosa
por el riesgo de un ataque sin provecho.
DUX
No, seguro que a Rodas no van.
GUARDIA
Aquí hay más noticias.

Entra un MENSAJERO.

MENSAJERO
Ilustres y honorables señores,
la escuadra turca que navegaba hacia Rodas
se ha unido a otra escuadra.

SENADOR 1.º
Me lo temía. ¿Cuántas naves hay?

MENSAJERO
Unas treinta, pero ahora han invertido
el rumbo, y abiertamente se encaminan
hacia Chipre. El *signor* Montano,
vuestro fiel y valiente servidor,
solícito os transmite la noticia
y os ruega que le deis crédito.

DUX
A Chipre, no hay duda.
¿Está en la ciudad Marcos Luccicos?

SENADOR 1.º
Está en Florencia.

DUX
Escribidle de mi parte, y que venga
a toda prisa.

SENADOR 1.º
Aquí vienen Brabancio y el valiente moro.

Entran BRABANCIO, OTELO, CASIO, YAGO, RO-
DRIGO *y guardias.*

DUX
Valiente Otelo, debéis disponeros sin demora
a luchar contra nuestro enemigo el otomano.
[*A* BRABANCIO] No os había visto. Bienvenido, señor.
Echaba de menos vuestro consejo y apoyo.

BRABANCIO
Y yo el vuestro. Alteza, perdonadme:
no me he levantado por mi cargo

ni por ninguna ocupación, y no es el bien común
lo que me inquieta, pues mi dolor personal
es tan desbordante y tan violento
que absorbe y devora otros pesares
y, sin embargo, sigue igual.

DUX

Pues, ¿qué ocurre?

BRABANCIO

¡Mi hija! ¡Ay, mi hija!

SENADORES

¿Ha muerto?

BRABANCIO

Para mí, sí.
La han seducido, raptado y corrompido
con hechizos y pócimas de charlatán,
pues sin brujería la naturaleza,
que no es torpe, ciega, ni insensata,
no podría torcerse de modo tan absurdo.

DUX

Quienquiera que por medios tan infames
haya hecho que se pierda vuestra hija
y que vos la hayáis perdido, será reo
de la pena más grave que vos mismo
leáis en el libro inexorable de la ley,
aunque fuera hijo mío el acusado.

BRABANCIO

Os lo agradezco. Este es el culpable,
este moro, a quien al parecer, habéis hecho
venir expresamente por asuntos de Estado.

TODOS [LOS SENADORES]

Es muy lamentable [7].

---

[7]   Brabancio presenta su queja en un mal momento: su acusado es el hombre que más necesita Venecia para combatir al turco. Así pues, el comentario de los senadores puede entenderse como expresión de contratiempo, y no solo de simpatía.

DUX [*a* OTELO]

 Y, por vuestra parte, ¿qué decís a esto?

BRABANCIO

 Nada que pueda desmentirlo.

OTELO

 Muy graves, poderosas y honorables Señorías,
 mis nobles y estimados superiores:
 es verdad que me he llevado a la hija
 de este anciano, y verdad que ya es mi esposa.
 Tal es la envergadura de mi ofensa;
 más no alcanza. Soy tosco de palabra
 y no me adorna la elocuencia de la paz,
 pues, desde mi vigor de siete años
 hasta hace nueve lunas, estos brazos
 prestaron sus mayores servicios en campaña,
 y lo poco que sé del ancho mundo
 concierne a gestas de armas y combates;
 así que mal podría engalanar mi causa
 si yo la defendiese. Mas, con vuestra venia,
 referiré, llanamente y sin ornato,
 la historia de mi amor: con qué pócimas,
 hechizos, encantamientos o magia poderosa
 (pues de tales acciones se me acusa)
 a su hija he conquistado.

BRABANCIO

 Una muchacha comedida, de espíritu
 tan plácido y sereno que sus propios
 impulsos la turbaban, ¿cómo puede
 negar naturaleza, edad[8], cuna, honra, todo,
 y enamorarse de un semblante que temía?
 Solo un juicio enfermo e imperfecto
 admitiría que semejante imperfección

---

 [8]   Según la concepción de Shakespeare, Otelo es bastante mayor que Desdémona.

obrara así contra las leyes naturales;
luego hay que buscar la causa del error
en las artes del diablo. Por tanto, afirmo
una vez más que él ha actuado sobre ella
con brebajes que excitan el deseo
o filtros embrujados a propósito.

DUX
Afirmar nada demuestra, si no aportáis
pruebas más sólidas y claras
que los débiles indicios y ropajes
de las simples apariencias.

SENADOR 1.º
Hablad, Otelo. ¿Habéis subyugado
y corrompido el sentimiento de su hija
con astucia o por la fuerza? ¿O han sido
los ruegos y palabras gentiles,
de corazón a corazón?

OTELO
Os lo suplico, que vaya alguno al *Sagitario*
a recoger a la dama, y que ella hable de mí
ante su padre. Si me acusara en su relato,
privadme del cargo y confianza
que de vos he recibido y, además,
sentenciad mi propia vida.

DUX
Traed a Desdémona.

OTELO
Alférez, guíalos. Tú conoces el lugar.

Salen [YAGO y] *dos o tres.*

Mientras tanto, con la misma verdad
con que al cielo confieso mis pecados,
expondré a vuestros graves oídos la manera
como alcancé el amor de esta bella dama
y ella el mío.

Dux
  Contadla, Otelo.
Otelo
  Su padre me quería, y me invitaba,
  curioso por saber la historia de mi vida
  año por año; las batallas, asedios
  y accidentes que he pasado. Yo se la conté,
  desde mi infancia hasta el momento
  en que quiso conocerla. Le hablé
  de grandes infortunios, de lances
  peligrosos en mares y en campaña;
  de escapes milagrosos en la brecha amenazante,
  de cómo me apresó el orgulloso enemigo
  y me vendió como esclavo; de mi rescate
  y el curso de mi vida de viajero.
  Le hablé de áridos desiertos y anchas grutas,
  riscos, peñas, montes cuyas cimas tocan cielo;
  de los caníbales que se devoran, los antropófagos,
  y seres con la cara por debajo de los hombros[9].
  Desdémona ponía toda su atención,
  mas la reclamaban los quehaceres de la casa;
  ella los cumplía presurosa
  y, con ávidos oídos, volvía
  para sorber mis palabras. Yo lo advertí,
  busqué ocasión propicia y hallé el modo
  de sacarle un ruego muy sentido:
  que yo le refiriese por extenso
  mi vida azarosa, que no había podido
  oír entera y de continuo. Accedí,
  y a veces le arranqué más de una lágrima

---

[9]   Estos seres extraordinarios ya fueron mencionados por Plinio en su
Historia natural y volvieron a serlo en libros de viajes medievales y renacen-
tistas. En una edición isabelina de los *Viajes* de Sir John Mandeville
(siglo XIV), que también habla de estos seres, se incluye un grabado de un
hombre «con la cara por debajo de los hombros».

hablándole de alguna desventura
que sufrió mi juventud. Contada ya la historia,
me pagó con un mundo de suspiros:
juró que era admirable y portentosa,
y que era muy conmovedora; que ojalá
no la hubiera oído, mas que ojalá
Dios la hubiera hecho un hombre como yo.
Me dio las gracias y me dijo que si algún
amigo mío la quería, le enseñase
a contar mi historia, que con eso podía
enamorarla. A esta sugerencia respondí
que, si ella me quería por mis peligros,
yo a ella la quería por su lástima.
Esta ha sido mi sola brujería.
Aquí llega la dama; que ella lo atestigüe.

Entran DESDÉMONA, YAGO *y acompañamiento.*

DUX
Esa historia también conquistaría a mi hija.—
Brabancio, tomad el lado bueno de lo malo.
Más vale tener las armas rotas
que las manos vacías.

BRABANCIO
Escuchadla, os lo suplico. Si confiesa
que ella también le cortejó,
caiga sobre mí la maldición por acusar
a este hombre.— Ven, gentil dama.
¿A quién de esta noble asamblea
debes mayor obediencia?

DESDÉMONA
Noble padre, mi obediencia se halla dividida.
A vos debo mi vida y mi crianza,
y vida y crianza me han enseñado
a respetaros. Sois señor de la obediencia
que os debía como hija. Mas aquí está mi esposo,

y afirmo que debo a Otelo mi señor
el mismo acatamiento que mi madre
os tributó al preferiros a su padre.
BRABANCIO
¡Queda con Dios! He terminado.— Y ahora,
con la venia, a los asuntos de Estado:
antes adoptar que engendrar hijos.—
Ven aquí, moro: de todo corazón
te doy lo que, si no tuvieras ya,
de todo corazón te negaría.—
En cuanto a ti, mi alma, me alegra
no tener más hijos, pues tu fuga
me enseñaría a ser tirano y sujetarlos
con cadenas.— He dicho, señor.
DUX
Dejad que hable por vos y emita un juicio
que, cual peldaño, permita a estos amantes
ascender [[en vuestra estima]] [10]:
No habiendo remedio, las penas acaban
al vernos ya libres de todas las ansias.
Llorar la desdicha que no tiene cura
agrava sin falta la mala fortuna.
Si quiso el destino que algo perdieses,
quedar resignado el golpe devuelve.
Si al robo sonríes, robas al ladrón:
te robas si lloras un vano dolor.
BRABANCIO
Dejad que los turcos sin Chipre nos dejen:
mientras sonriamos, ya nada se pierde.
Acoge ese juicio quien solo se lleva
el grato consejo que se le dispensa;
mas lleva ese juicio y también el dolor
quien ha de añadirle la resignación.

---

[10]   Sobre la función de los corchetes dobles véase Nota preliminar, pág. 35.

Pues estas sentencias, al ser tantas veces
dulces como amargas, son ambivalentes.
Solo son palabras, y nunca se oyó
que por el oído sane el corazón.
Os lo ruego, tratemos los asuntos de Estado.

DUX

Los turcos se dirigen a Chipre con una escuadra potente.
Otelo, conocéis muy bien la fuerza del lugar; y, aunque tenemos allá un delegado de probada competencia, la opi-
nión, esa gran reguladora de los hechos, estima que sois el
más seguro. Habréis de aveniros a empañar vuestra nueva
fortuna en empresa tan áspera y violenta.

OTELO

Ilustres senadores, la tirana costumbre
ha cambiado mi cama guerrera de piedra y acero
en lecho de finísimo plumón. Declaro
una viva y natural prontitud
para toda aspereza y asumo esta guerra
contra el otomano. Por tanto, solicito,
con humilde inclinación ante el Senado,
disposiciones adecuadas a mi esposa
y asignación de fondos, aposento
y servicio y compañía
propios de su cuna y condición.

DUX

Si os parece, la casa de su padre.

BRABANCIO

No lo permitiré.

OTELO

Ni yo.

DESDÉMONA

Tampoco quiero yo vivir con él
si mi presencia encona su ánimo.—
Clementísimo Dux, prestad benigna atención
a lo que exponga y dad consentimiento
a lo que os pide mi ignorancia.

DUX
    ¿Qué deseáis, Desdémona?
DESDÉMONA
    Que quiero a Otelo y con él quiero vivir
    mi osadía y riesgos de fortuna
    al mundo lo proclaman.
    Me rendí a la condición de mi señor.
    He visto el rostro de Otelo en su alma,
    y a sus honores y virtudes marciales
    consagré mi ser y mi suerte.
    Queridos señores, si me quedo
    en la holganza de la paz y él se va a la guerra,
    seré privada de los ritos amorosos
    y en su ausencia habré de soportar
    un intervalo de tristeza. Dejadme ir con él.
OTELO
    Dad consentimiento. Pongo al cielo
    por testigo de que no lo demando
    por saciar el paladar de mi apetito,
    ni entregarme a pasiones juveniles
    a que tengo derecho libremente,
    sino por complacerla en sus deseos.
    Y no penséis (no lo quiera el cielo)
    que voy a descuidar vuestra magna empresa
    cuando ella esté conmigo. No: si las niñerías
    del alado Cupido ciegan de placer
    mis órganos activos y mentales
    y el deleite corrompe y empaña mi deber,
    ¡que mi yelmo se vuelva una cazuela
    y todas las vilezas y ruindades
    se armen contra mi dignidad!
DUX
    Sea lo que ambos decidáis: puede irse
    o quedarse. Mas la situación es apremiante
    y exige urgencia.

SENADOR 1.º [*a* OTELO]
Saldréis esta noche.
⟦DESDÉMONA
¿Esta noche?
DUX
Esta noche.⟧
OTELO
Con toda el alma.
DUX
A las nueve volvemos a reunirnos.
Otelo, dejad aquí un encargado:
él os llevará nuestras órdenes
y todo lo esencial y pertinente
que os competa.
OTELO
Mi alférez, si place a Vuestra Alteza:
es hombre de bien y de plena confianza.
La conducción de mi esposa le encomiendo
y cuanto Vuestra Alteza
estime necesario remitirme.
DUX
Así sea. Buenas noches a todos.
[*A* BRABANCIO] Mi noble señor,
si clara es la virtud, vuestro yerno
no puede ser más blanco, siendo negro.
SENADOR 1.º
Adiós, valiente Otelo; portaos bien con ella.
BRABANCIO
Con ella, moro, siempre vigilante:
si a su padre engañó, puede engañarte.

> *Salen* [*el* DUX, BRABANCIO, CASIO, SENADORES
> *y acompañamiento*].

OTELO
¡Mi vida por su fidelidad! — Honrado Yago,
he de confiarte a mi Desdémona.

Te ruego que tu esposa la acompañe;
luego llévalas en la mejor ocasión.
Vamos, Desdémona, solo nos queda una hora
para amores, asuntos e instrucciones.
El tiempo manda.

Salen OTELO *y* DESDÉMONA.

RODRIGO

¡Yago!

YAGO

¿Qué quieres tú, noble alma?

RODRIGO

¿Qué crees que voy a hacer?

YAGO

Acostarte y dormir.

RODRIGO

Pues ahora mismo voy a ahogarme.

YAGO

Como hagas eso, ya no te querré. ¿Por qué, mi bobo caballero?

RODRIGO

De bobos es vivir si la vida es un suplicio, y morir significa prescripción si la muerte es nuestro médico.

YAGO

¡Ah, desdichado! Hace cuatro veces siete años que veo este mundo, y desde que supe distinguir entre daño y beneficio, aún no he conocido a quien sepa amarse a sí mismo. Antes de pensar en ahogarme por el amor de una zorra, preferiría convertirme en mico.

RODRIGO

¿Y qué puedo hacer? Me avergüenza enamorarme como un tonto, mas no tengo la virtud de remediarlo.

YAGO

¿Virtud? ¡Una higa! Ser de tal o cual manera depende de nosotros. Nuestro cuerpo es un jardín y nuestra voluntad, la jardinera. Ya sea plantando ortigas o sembrando lechugas, plantando hisopo y arrancando tomillo, llenándolo de una especie de hierba o de muchas distintas, dejándolo yermo por desidia o cultivándolo con celo, el poder y autoridad para cambiarlo está en la voluntad. Si en la balanza de la vida la razón no equilibrase nuestra sensualidad, el ardor y la bajeza de nuestros instintos nos llevarían a extremos aberrantes. Mas la razón enfría impulsos violentos, apetitos carnales, pasiones sin freno. Por eso, lo que tú llamas amor, a mí no me parece más que un brote o un vástago [11].

RODRIGO

No es posible.

YAGO

Simplemente ardor de la sangre y concesión de la voluntad. Vamos, sé hombre. ¿Ahogarte? Ahoga gatos y cachorros ciegos. Te he asegurado mi amistad y me declaro ligado a tus méritos con cuerdas de perenne firmeza. Nunca como ahora podría serte útil. Tú mete dinero en tu bolsa, vente a la guerra, cámbiate esa cara con una barba postiza. Repito: mete dinero en tu bolsa. Verás cómo Desdémona no sigue queriendo al moro mucho tiempo —mete dinero en tu bolsa—, ni él a ella. Tuvo un principio violento y tendrá pareja conclusión —mete dinero en tu bolsa. Estos moros son muy veleidosos —mete dinero en tu bolsa. La comida que ahora le sabe más jugosa que la fruta pronto le sabrá más amarga que el acíbar. Ella querrá otro más joven: cuando se haya saciado con su cuerpo, se dará cuenta de su error. 〚Querrá cambiar, seguro.〛 Conque mete dinero en tu bolsa. Y si a la fuerza quieres condenarte, no te ahogues: busca una manera más suave. Junta todo el dinero que puedas. Si mi ingenio y toda la caterva del diablo no pueden más que la santidad de un frágil juramento entre un bárbaro errabundo y una veneciana archiexquisita, tú la gozarás; conque

---

[11]   Brote o vástago de la sensualidad.

junta dinero. Y nada de ahogarte; está fuera de lugar. Antes
ahorcado por lograr tu gusto que ahogado sin gozarla.

RODRIGO
¿Apoyarás mis deseos si confío en el resultado?

YAGO
Cuenta conmigo. Tú junta dinero. Te lo he dicho y te lo diré
una y mil veces: odio al moro. Lo llevo muy dentro, y a ti
razones no te faltan. Unámonos en la venganza. Si le pones
los cuernos, tú te das el gusto y a mí me das la fiesta. El
vientre del tiempo guarda muchos sucesos que pronto verán
la luz. ¡En marcha! Anda, búscate dinero. Mañana segui-
mos hablando. Adiós.

RODRIGO
¿Dónde nos vemos mañana?

YAGO
En mi casa.

RODRIGO
Iré temprano.

YAGO
Bueno, adiós. Oye, Rodrigo.

⟦RODRIGO
¿Qué quieres?

YAGO
Nada de ahogarte, ¿eh?

RODRIGO
Me has convencido.

YAGO
Bueno, adiós. Mete mucho dinero en tu bolsa.⟧

RODRIGO
Venderé todas mis tierras.

Sale.

YAGO
Así es como el pagano me sirve de bolsa,
pues deshonraría todo mi saber

pasando el tiempo con memo semejante
sin placer ni provecho. Odio al moro,
y dicen por ahí que en la cama
me ha robado el sitio. No sé si es verdad,
mas para mí una sospecha de este orden
vale por un hecho. Él me aprecia:
mejor resultará el plan que le preparo.
Casio es gallardo. A ver...
Quitarle el puesto y coronar mi voluntad
con doble trampa. A ver cómo... A ver...
Después de un tiempo, susurrando a Otelo
que Casio se toma confianzas con su esposa:
presencia no le falta, ni modales;
se presta a la sospecha, invita al adulterio.
El moro es de carácter noble y franco;
cree que es honrado todo aquel que lo parece,
y buenamente dejará
que le lleven del hocico como a un burro.
Ya está, lo concebí. La noche y el infierno
asistirán al parto de mi engendro.

> *Sale.*

II.i   *Entran* Montano *y dos* Caballeros.

Montano
   ¿Qué se divisa en la mar desde el cabo?
Caballero 1.º
   Nada, con este oleaje tan feroz.
   Entre el cielo y el océano
   no distingo ningún barco.
Montano
   En tierra el viento ha soplado muy recio;
   galerna tan ruda jamás sacudió las almenas.
   Si así se ha embravecido mar adentro,

¿qué cuadernas de roble podrán seguir unidas
cuando las baten las aguas? ¿Qué puede ocurrir?

CABALLERO 2.°

Que la escuadra otomana se disperse.
Mirad desde la orilla espumeante:
las olas se rompen y azotan las nubes;
la mar encrespada, de gigantes melenas,
parece lanzarse contra la Osa brillante
y apagar las guardas de la Estrella Polar.
Jamás vi tumulto semejante
en un mar airado.

MONTANO

Si la escuadra turca no se halla
protegida y resguardada, se hundirá.
No pueden resistir.

Entra un tercer CABALLERO.

CABALLERO 3.°

¡Noticias, amigos! ¡El fin de la guerra!
La fiera tormenta ha alcanzado de tal modo
a los turcos que su plan ha fallado.
Un regio navío de Venecia presenció
el naufragio y la ruina del grueso de la flota.

MONTANO

¿Qué? ¿Es verdad?

CABALLERO 3.°

La nave, una veronesa, ya ha atracado.
Miguel Casio, teniente del intrépido moro,
ya está en tierra. Otelo aún navega
y viene hacia Chipre con plenos poderes.

MONTANO

Me alegro. Es buen gobernador.

CABALLERO 3.°

Pero a Casio, aunque le alivia la derrota
de los turcos, le inquieta la suerte de Otelo

y reza por él, pues quedaron separados
por el fiero temporal.

MONTANO

Quiera Dios que se salve: estuve a sus órdenes,
y en el mando es todo un soldado.
Vamos al puerto, no solo por ver
la nave arribada, sino además
por buscar en el horizonte al bravo Otelo,
hasta que no distingamos
entre cielo y océano.

CABALLERO 3.º

Muy bien, vamos, pues cada minuto
nos hace esperar una nueva llegada.

Entra CASIO.

CASIO

Os agradezco, valientes moradores
de esta isla, que honréis a Otelo.
El cielo le proteja de los elementos,
pues yo le perdí en un mar peligroso.

MONTANO

¿Es fuerte su nave?

CASIO

Muy bien construida, y el piloto,
hábil y muy afamado,
así que mi esperanza, que no sufre excesos,
goza de salud.

VOCES [*desde dentro*]

¡Barco a la vista!

Entra un MENSAJERO.

CASIO

¿Qué voces son esas?

MENSAJERO
   La ciudad está desierta. La gente se agolpa
   en las rocas gritando: «¡Barco a la vista!».
CASIO
   Mi esperanza apunta al gobernador.

   Cañonazo.

CABALLERO 2.º
   Una salva de cañón. Son amigos.
CASIO
   Os lo ruego, señor. Id allá
   y averiguad quién ha llegado.
CABALLERO 2.º
   Al momento.

   Sale.

MONTANO
   Decidme, teniente, ¿se ha casado el general?
CASIO
   Con inmensa fortuna: logró una muchacha
   que excede alabanzas y fama hiperbólica,
   supera el floreo de la pluma elogiosa
   y, en pura belleza creada,
   fatiga el ingenio.

   Entra el segundo CABALLERO.

   ¿Qué hay? ¿Quién llega?
CABALLERO 2.º
   Un tal Yago, alférez del general.
CASIO
   Ha tenido pronta y feliz travesía.
   Tormentas, altas olas y vientos rugientes,
   rocas hendidas y bancos de arena,

pérfidos escollos que atrapan la quilla inocente,
cual dotados de un sentido de belleza,
abandonan su fatal cometido
y dejan indemne a la divina Desdémona.

MONTANO

¿Quién es ella?

CASIO

La dama de que hablé,
la capitana de nuestro gran capitán,
encomendada al intrépido Yago,
cuya venida se adelanta una semana
a nuestro cálculo. Gran Júpiter, guarda a Otelo
e hincha sus velas con tu soplo potente,
que alegre la bahía con su espléndida nave,
palpite de amor en los brazos de Desdémona,
renueve nuestro ánimo abatido
⟦y traiga regocijo a todo Chipre⟧.

Entran DESDÉMONA, YAGO, EMILIA *y* RODRIGO.

¡Mirad! El tesoro de la nave ya está en tierra.
¡Hombres de Chipre, hincad las rodillas!
¡Salud, señora! ¡Que la gracia del cielo
os siga, os preceda, os envuelva a cada paso!

DESDÉMONA

Gracias, valiente Casio.
¿Qué noticias tenéis de mi señor?

CASIO

Aún no ha llegado, aunque sé
que está bien y que pronto le veremos.

DESDÉMONA

Sí, pero temo...¿Cómo os separasteis?

CASIO

La gran lucha del cielo y el mar
distanció nuestras naves.

VOCES [*desde dentro*]
¡Barco a la vista!
CASIO
¡Escuchad! ¡Un barco!

[*Cañonazo.*]

CABALLERO 2.°
Una salva a la ciudadela.
Este también es amigo.
CASIO
Traedme noticias.

[*Sale el* CABALLERO.]

Bienvenido, alférez. [*A* EMILIA] Bienvenida, señora.—
No te enojes, mi buen Yago,
porque extienda mi saludo: mi crianza
me ha enseñado esta muestra de cortesía.

[*Besa a* EMILIA.]

YAGO
Señor, si os dieran sus labios
lo que a mí me regala su lengua,
quedaríais harto.
DESDÉMONA
Pero si no habla nada.
YAGO
Habla demasiado.
Lo noto cuando tengo ganas de dormir.
Aunque admito que, en vuestra presencia,
se guarda la lengua muy bien
y critica pensando.
EMILIA
Y tú hablas sin motivo.

YAGO

Vamos, vamos. Sois estatuas en la calle, cotorras en la casa,
fieras en la cocina, santas al ofender, demonios si os ofen-
den, farsantes en las labores y laboriosas en la cama.

DESDÉMONA

¡Calla tú, calumniador!

YAGO

Turco soy si no es verdad:
jugáis levantadas, y en la cama, a trabajar.

EMILIA

A mí no me celebres con tus versos.

YAGO

Más vale que no.

DESDÉMONA

¿Qué dirías de mí si me celebrases?

YAGO

Mi noble señora, no me obliguéis,
que soy criticón o no soy nada.

DESDÉMONA

Vamos, inténtalo.— ¿Han ido al puerto?

YAGO

Sí, señora.

DESDÉMONA

[*aparte*] Alegre no estoy, mas el fingimiento
distrae mi estado.—
Vamos, ¿cómo me celebrarías?

YAGO

Lo estoy pensando, pero mi creación
saldrá de mi testa como el visco de la lana,
arrancando los sesos y todo. Mas de parto
está mi musa, y aquí está el retoño:
«La mujer que a la par es rubia y sabia
maneja sabiamente su ventaja».

DESDÉMONA

¡Vaya elogio! ¿Y la que es morena y lista?

YAGO

«La morena que es lista ve muy claro
que si da con un rubio da en el blanco».

DESDÉMONA

De mal en peor.

EMILIA

¿Y la que es guapa y tonta?

YAGO

«Nunca hubo guapa que fuera una tonta,
que aun tonteando se ganan la boda».

DESDÉMONA

Esos son despropósitos trillados que solo hacen reír al necio
en la taberna. ¿Qué triste alabanza le reservas a la que es fea
y tonta?

YAGO

«La que es fea y tonta hace sus jugadas,
como las hace la más bella y sabia».

DESDÉMONA

¡Qué desatinos! A la peor, el mejor elogio. Mas, ¿cómo elo-
giarías a la que de veras lo merece, a la mujer de méritos tan
claros que la propia maldad habría de admitirlos?

YAGO

«Quien siempre fue bella, mas nunca orgullosa,
con lengua a su antojo, mas nunca chillona;
que, siendo pudiente, no iba recompuesta,
ni hacía su gusto, aun cuando pudiera;
que, llena de enojo y presta la venganza,
contuvo su ira y dejó que pasara;
cuya sensatez nunca prefirió
el basto conejo al tierno pichón;
cuyo pensamiento jamás revelaba
y a los pretendientes negó su mirada;
esta era capaz, si es que hubo tal hembra...».

DESDÉMONA

Capaz, ¿de qué?

YAGO

«... de criar idiotas y llevar las cuentas».

DESDÉMONA

¡Qué final más pobre y endeble! No sigas su ejemplo, Emilia, aunque sea tu marido. Casio, ¿qué os parece? ¿A que es
un consejero procaz y malhablado?

CASIO

Señora, él habla claro. Os gustará más como hombre de armas que de letras.

YAGO [*aparte*]

La coge de la mano. Muy bien, musitad. Con tan poca tela
atraparé a esa gran mosca de Casio. Anda, sonríele, vamos.
Te encadenaré en tu cortesía. Gran verdad, estáis en lo
cierto. Si esas pamplinas te cuestan el puesto, teniente, más
te habría valido no echarle tanto beso, como ahora vuelves
a hacer, jugando al cortesano. Muy bien, buen beso, exquisita cortesía. Vaya que sí. ¿Otra vez besándote los dedos?
¡Ojalá se te volvieran lavativas!

Trompetas dentro.

¡Es Otelo! Conozco su señal.

CASIO

Sí, es él.

DESDÉMONA

Vamos a recibirle.

CASIO

¡Mirad, ahí viene!

Entran OTELO *y acompañamiento.*

OTELO

¡Mi bella guerrera!

DESDÉMONA

¡Mi querido Otelo!

OTELO

Mi asombro es tan grande como mi alegría
al verte aquí ya. Bien de mi alma,
si viene esta bonanza tras la tempestad,
¡que soplen los vientos y despierten la muerte,
y la nave agitada escale montañas de mar
como el alto Olimpo y baje tan hondo
como el infierno desde el cielo!
Si ahora muriese, sería muy feliz,
pues temo que mi gozo sea tan perfecto
que no pueda alcanzar dicha semejante
en lo por venir.

DESDÉMONA

Quiera el cielo
que aumente nuestro amor y nuestro gozo
con el paso de los días.

OTELO

¡Así sea, benignos poderes!
No puedo expresar mi contento;
me corta la voz, es tanta alegría...

Se besan.

Otro, y otro; sea esta la mayor disonancia
de nuestros corazones.

YAGO [*aparte*]

¡Qué bien entonados!
Mas yo seré quien destemple esa música[12],
honrado que es uno.

OTELO

Vamos al castillo.— Noticias, amigos:
terminó la guerra; los turcos se ahogaron.

---

[12] Entiéndase en el sentido de armonía amorosa, que se basa en la creencia de que las esferas concéntricas del universo producían música al rozarse. Por analogía, el mundo de los hombres también crea su propia «música».

¿Cómo están los viejos amigos de la isla? —
Amor, verás lo bien que te acogen;
yo siempre vi en Chipre cariño.
Vida mía, hablo sin orden
y desvarío de felicidad.— Anda, buen Yago,
ve al puerto y que descarguen mis cofres.
Trae al capitán a la ciudadela;
es un buen marino y digno
de toda atención.— Vamos, Desdémona,
¡qué dicha encontrarte aquí en Chipre!

    Salen [*todos menos* YAGO *y* RODRIGO].

YAGO
[*a un criado que sale*] Nos vemos luego en el puerto. [*A*
RODRIGO] Ven acá. Si eres hombre, pues dicen que el ple-
beyo tiene más nobleza cuando está enamorado, escú-
chame. Esta noche el teniente vigila en el puesto de guardia. Primero oye bien: Desdémona está enamorada de él.
RODRIGO
¿De él? Imposible.
YAGO
Tú punto en boca y deja que te explique. Fíjate con qué ím-
petu se prendó del moro, solo porque se gloriaba y le con-
taba patrañas. ¿Va a estar siempre enamorada de su chá-
chara? No lo crea tu alma sensata. Su vista se alimenta.
¿Qué gusto va a darle mirar al diablo? Cuando el trato carnal embota el deseo, para volver a inflamarlo y renovar apetitos saciados hace falta una estampa gentil, concierto de
edades [13], modales, belleza, de todo lo cual el moro anda es-
caso. Así que, por falta de tan esenciales condiciones, su exquisita finura se verá engañada, empezará a sentir náuseas,

_____
[13]   Otra alusión a la diferencia de edad entre Otelo y Desdémona. Véase
nota 8, pág. 57.

odiará y detestará al moro. Sus propias reacciones la guia-
rán y llevarán a elegir a otro. Pues bien, sentado todo esto,
que es proposición natural y razonable, ¿quién sino Casio
es el más inmediato en la escala de esta suerte, un granuja
con labia, cuya conciencia no es más que una máscara de cortesía y respeto para satisfacer sus más ocultos instintos carnales? Nadie, nadie. Un granuja retorcido y astuto, buscador
de ocasiones, capaz de acuñar y forjar coyunturas, aunque
luego no se presente ninguna. Un granuja diabólico. Además, es apuesto, joven, y reúne todas las condiciones que
busca el deseo y la inexperiencia. Un granuja irritante, y la
moza ya le ha echado el ojo.

RODRIGO

No puedo creer eso de ella, de un alma tan pura.

YAGO

¡Puro rábano! El vino que bebe es de uva. Si es tan pura no
se casa con el moro. ¡Pura morcilla! ¿No viste cómo le so-
baba la mano a Casio? ¿No te fijaste?

RODRIGO

Sí, pero era por cortesía.

YAGO

¡Por lascivia, te lo juro! Índice y oscuro prefacio de una historia de lujuria y turbios pensamientos. Se acercaron tanto
con los labios que el aliento se abrazó. Malos pensamientos, Rodrigo. Cuando estas confianzas abren un camino,
muy pronto les sigue el acto y acción principal, el fin corpo-
ral. ¡Uf! Mas tú hazme caso: te he traído de Venecia. Esta
noche estarás de guardia; las órdenes yo te las daré: Casio
no te conoce. Yo estaré cerca. Tú busca ocasión de provocar
a Casio, ya sea hablando muy alto, desairando su disciplina
o por el medio que te plazca y que el tiempo proveerá.

RODRIGO

Bueno.

YAGO

Además, es fogoso e impulsivo, y capaz de pegarte. Tú oblí-
gale a hacerlo: a mí eso me basta para provocar un alboroto

entre la gente, que solo se apaciguará con la destitución de
Casio. Será más corta la vía de tus fines por los medios que
tendré de promoverlos y nos veremos libres de un obstáculo
sin cuya supresión no habría esperanzas de éxito.

RODRIGO
Lo haré si tú me das la ocasión.

YAGO
Cuenta con ella. Búscame luego en la ciudadela. Tengo que
desembarcarle el equipaje. Adiós.

RODRIGO
Adiós.

     Sale.

YAGO
Que Casio la quiere lo creo muy bien;
que ella le quiere es digno de crédito.
El moro, aunque no le soporto,
es afectuoso, noble y fiel,
y creo que será un buen marido
con Desdémona. Yo también la quiero;
no solo por lujuria, aunque tal vez
puedan acusarme de tan grave pecado,
sino en parte por saciar mi venganza,
pues sospecho que este moro lascivo
se ha montado en mi yegua. La sola idea
es como un veneno que me roe las entrañas,
y ya nada podrá serenarme
hasta que estemos en paz, mujer por mujer,
o, si no, hasta provocarle al moro
unos celos tan fuertes que no pueda
curar la razón. Para lo cual,
si este pobre chucho veneciano
al que sigo en la caza se deja azuzar,
tendré bien pillado a nuestro Casio,
le pintaré de faldero a los ojos del moro,

pues sospecho que Casio también se mete en mi cama,
y el moro, agradecido, me querrá y premiará
por dejarle insignemente como un burro
y maquinar contra su paz y sosiego
hasta la locura. Aquí está [14], mas borroso:
hasta el acto, el mal no revela su rostro.

Sale.

II.ii   *Entra un* HERALDO *de* OTELO *con una proclama.*

HERALDO
Es deseo de Otelo, nuestro noble y valiente general, que,
siendo ciertas las noticias llegadas del total hundimiento de
la escuadra turca, todo el mundo lo festeje: unos, bailando;
otros, encendiendo hogueras, y cada uno con la fiesta y regocijo a que le lleve su afición, pues, además de tan buena
noticia, está la celebración de su boda. Es su deseo que se
proclame todo esto. Se han abierto las despensas del castillo
y hay plena libertad para el convite desde esta hora de las
cinco hasta que den las once. ¡Dios bendiga a la isla de Chipre y a Otelo, nuestro noble general!

Sale.

II.iii   *Entran* OTELO, DESDÉMONA *y acompañamiento.*

OTELO
Querido Miguel, ocupaos esta noche de la guardia.
Impongámonos un límite digno
y no festejemos sin mesura.

---

[14]   En la cabeza de Yago.

CASIO
 Yago ya tiene instrucciones. Sin embargo,
 mis propios ojos estarán de vigilancia.
OTELO
 Yago es muy leal.
 Buenas noches, Miguel. Mañana temprano
 quiero hablaros.— Vamos, amor:
 el bien adquirido es para gozarlo,
 y el goce del nuestro estaba esperando.—
 Buenas noches.

         Salen OTELO, DESDÉMONA [*y acompaña-
         miento*].

         Entra YAGO.

CASIO
 Bienvenido, Yago. Vamos a la guardia.
YAGO
 Falta una hora, teniente; aún no son las diez. El general nos
 ha despedido tan pronto por amor a su Desdémona, y no se
 lo reprochemos. Aún no han pasado una noche caliente y
 ella es bocado de Júpiter.
CASIO
 Es una dama exquisita.
YAGO
 Y seguro que con ganas.
CASIO
 Es una criatura galana y gentil.
YAGO
 Y ¡vaya ojos! Son de los que llaman al deseo.
CASIO
 Son atrayentes y, sin embargo, castos.
YAGO
 Y cuando habla, ¿no toca a batalla de amor?

CASIO

Es la perfección suprema.

YAGO

Pues, ¡suerte en la cama! Vamos, teniente, que tengo una jarra de vino y ahí fuera hay dos caballeros de Chipre dispuestos a echar un trago a la salud del negro Otelo.

CASIO

Esta noche no, buen Yago. Tengo una cabeza muy floja para el vino. ¡Ojalá inventara la cortesía otra forma de pasar el tiempo!

YAGO

¡Pero si son amigos! Solo un trago. Yo beberé por vos.

CASIO

Solo un trago es lo que he bebido esta noche, y muy bien aguado, y mira qué revolución llevo aquí. Tengo mala suerte con mi debilidad y no me atrevo a exponerla a mayor riesgo.

YAGO

¡Vamos! Es noche de fiesta y los caballeros están deseándolo.

CASIO

¿Dónde están?

YAGO

Aquí, a la puerta. Servíos llamarlos.

CASIO

Está bien, pero no me gusta.

Sale.

YAGO

Si consigo meterle un trago más,
con lo que lleva bebido esta noche,
se pondrá más agresivo y peleón
que un perro consentido. Y Rodrigo, mi pagano,
a quien el amor casi ha vuelto del revés,
se ha servido a la salud de su Desdémona
libaciones de a litro, y está de guardia.

A tres mozos de Chipre, briosos y altivos,
y en punto de honor muy arrebatados,
ejemplo palpable del ánimo isleño,
los he alegrado con copas bien llenas,
y también están de guardia. Y, en medio
de este hatajo de borrachos, haré que Casio
trastorne la isla. Aquí llegan.

Entran CASIO, MONTANO *y caballeros.*

Si la suerte realiza mi sueño,
mis barcos marcharán con viento espléndido.
CASIO
Vive Dios que me han dado un buen trago.
MONTANO
¡Si era poco! No más de un cuartillo, palabra de soldado.
YAGO
¡Eh, traed vino!
[*Canta*] «Choquemos la copa, tintín, tin [15];
        choquemos la copa, tintín.
        El soldado es mortal
        y su vida fugaz.
        ¡Que beba el soldado, tintín, tin!».
¡Vino, muchachos!
CASIO
¡Vive Dios, qué gran canción!
YAGO
La aprendí en Inglaterra, donde son formidables bebiendo.
El danés, el alemán y el panzudo holandés —¡a beber!— no
son nada al lado del inglés.
CASIO
¿Tan experto bebedor es el inglés?

---

[15] Véanse partitura y nota en el Apéndice, pág. 195.

YAGO

¡Cómo! No le cuesta emborrachar al danés, se tumba sin es-
fuerzo al alemán y hace vomitar al holandés antes que le
llenen otra jarra.

CASIO

¡A la salud del general!

MONTANO

¡Bravo, teniente! Me uno a ese brindis.

YAGO

¡Querida Inglaterra!

[*Canta*] «Esteban fue rey ejemplar [16]
  y quiso ahorrar con su calzón.
  Y por seis céntimos de más
  al sastre puso de ladrón.
  Su fama nunca tuvo igual,
  mas tú eres de otra condición.
  No tires tu viejo gabán,
  que el lujo arruina la nación».

¡Eh, más vino!

CASIO

¡Vive Dios! Esta canción es más perfecta que la otra.

YAGO

¿La canto otra vez?

CASIO

No, pues me parece indigno de su puesto quien hace esas
cosas. En fin, Dios lo ve todo, y unos se salvarán y otros no
se salvarán.

YAGO

Cierto, teniente.

CASIO

Ahora, que yo, sin ofender al general ni a persona principal,
yo espero salvarme.

YAGO

Y yo también, teniente.

---

[16] Véanse partitura y nota en el Apéndice, pág. 196.

CASIO

Sí, mas con permiso, después que yo. El teniente se salva
antes que el alférez. No se hable más; a nuestros puestos.
¡Dios perdone nuestros pecados! Caballeros, a nuestra obli-
gación. No creáis, caballeros, que estoy borracho. Este es
mi alférez, esta mi mano derecha y esta mi izquierda. No
estoy borracho, me tengo en pie y estoy hablando bien.

TODOS

Perfectamente.

CASIO

Muy bien. Entonces no digáis que estoy borracho.

Sale.

MONTANO

A la explanada, señores, a montar la guardia.

YAGO

Ved a este hombre que acaba de salir:
es un soldado capaz de dar órdenes
al lado de César. Mas ved también su mal:
con su virtud forma un equinoccio perfecto;
ambos se extienden igual. ¡Qué pena!
Temo que la confianza que en él pone Otelo
en un mal momento de su vicio
trastorne la isla.

MONTANO

¿Suele estar así?

YAGO

Es el prólogo invariable de su sueño:
si la bebida no le mece la cuna,
está despierto la doble vuelta del reloj.

MONTANO

Convendría informar al general.
Tal vez no se dé cuenta, o su bondad
valore las virtudes de Casio
y no vea sus faltas. ¿No os parece?

Entra RODRIGO.

YAGO [*aparte a* RODRIGO]
 ¿Qué hay, Rodrigo?
 Anda, sigue al teniente, vamos.

Sale RODRIGO.

MONTANO
 Es lástima que el noble moro
 confíe un puesto semejante
 a quien tiene un mal tan arraigado.
 Sería un acto de lealtad
 informar a Otelo.
YAGO
 Yo nunca, por esta bella isla.
 Quiero bien a Casio, y haré lo que pueda
 por curarle su vicio.
VOCES [*desde dentro*]
 ¡Socorro, socorro!
YAGO
 ¡Escuchad! ¿Qué ruido es ese?

Entra CASIO *persiguiendo a* RODRIGO.

CASIO
 ¡Voto a...! ¡Granuja, infame!
MONTANO
 ¿Qué pasa, teniente!
CASIO
 ¡Un granuja enseñarme mi deber!
 ¡Le voy a dejar como una criba!
RODRIGO
 ¿A mí?
CASIO
 ¿Qué dices, infame?

MONTANO
  Vamos, teniente, os lo ruego. Basta.
CASIO
  Si no me soltáis, os hundo el cráneo.
MONTANO
  Vamos, vamos, estáis borracho.
CASIO
  ¿Borracho yo?

                    Pelean.

YAGO [*aparte a* RODRIGO]
  Vamos, corre a anunciar el disturbio.—

                  [*Sale* RODRIGO.]

  Quieto, teniente. ¡Por Dios, señores!
  ¡Socorro! ¡Basta, teniente! ¡Basta, Montano!
  ¡Socorro, señores! ¡Buena guardia tenemos!

                Suena una campana.

  ¿Quién toca la campana? ¡Diablo!
  La ciudad va a alborotarse. ¡Teniente, por Dios!
  ¡Basta! ¡Quedaréis deshonrado para siempre!

            Entra OTELO *con acompañamiento.*

OTELO
  ¿Qué pasa aquí?
MONTANO
  ¡Voto a...! Estoy sangrando.
  Me han herido de muerte.
OTELO
  ¡Por vuestra vida, basta!

YAGO

Basta, teniente. Montano, señores,
¿habéis perdido la noción del puesto y el deber?
Basta, os habla el general. Basta, por decencia.

OTELO

¿Qué es esto? ¿Cómo ha sido?
¿Nos hemos vuelto turcos, haciéndonos nosotros
lo que el cielo impidió a los otomanos? [17].
Por decencia cristiana, ¡basta de barbarie!
El que ceda a la furia con su acero
desprecia su alma: cae muerto si se mueve.
¡Que calle esa horrible campana! Espanta
el decoro de la isla. ¿Qué ocurre, señores?
Honrado Yago, que pareces muerto de pena,
habla. ¿Quién ha sido? Por tu lealtad te lo ordeno.

YAGO

No sé. Estaban tan amigos, ahora mismo;
por su trato parecían recién casados
antes de acostarse. Y en un momento,
cual si un astro los hubiese enloquecido [18],
sacan las espadas y se atacan uno a otro
en cruel enfrentamiento. No puedo explicar
cómo empezó esta riña tan absurda.
¡Así hubiera perdido en glorioso combate
las piernas que a verla me trajeron!

OTELO

Casio, ¿cómo habéis podido desquiciaros?

CASIO

Excusadme, os lo suplico. No puedo hablar.

OTELO

Noble Montano, siempre fuisteis respetado.
El decoro y dignidad de vuestra juventud

---

[17] Es decir, agredirnos a nosotros mismos: al hundirse los turcos en la
tormenta, el cielo les impidió atacar.
[18] Se creía que los cuerpos celestes, sobre todo la luna, causaban trastor-
nos mentales si se acercaban demasiado a la tierra.

son bien notorios y grande es vuestro nombre
en boca del sabio. ¿Qué os ha hecho
malgastar de este modo vuestra fama
y cambiar el regio nombre de la honra
por el de pendenciero? Contestadme.

MONTANO

Noble Otelo, estoy muy malherido.
Yago, vuestro alférez, puede informaros
de todo lo que sé, ahorrándome palabras
que me cuestan. Y no sé que esta noche
yo haya dicho o hecho nada malo,
a no ser que sea pecado la caridad
con uno mismo o la defensa propia
cuando nos asalta la violencia.

OTELO

¡Dios del cielo!
La sangre empieza a dominarme la razón,
y la pasión, que me ha ofuscado el juicio,
va a imponerse. ¡Voto a...! Con que me mueva
o levante este brazo, el mejor de vosotros
cae bajo mi furia. Hacedme saber
cómo empezó tan vil tumulto y quién lo provocó,
y el culpable de esta ofensa, aunque sea
mi hermano gemelo, para mí está perdido.
En una ciudad de guarnición, aún inquieta,
con la gente rebosando de pavor,
¿emprender una pelea particular
en plena noche y en el puesto de guardia?
Es demasiado. Yago, ¿quién ha sido?

MONTANO

Si por parcialidad o lealtad de compañero
no te ajustas al rigor de la verdad,
no eres soldado.

YAGO

No toquéis esa fibra.
Que me arranquen esta lengua
antes que ofender a Miguel Casio.

Aunque creo que decir la verdad
no puede dañarle. Oídla, general.
Conversando Montano y yo,
viene uno clamando socorro
y Casio detrás con espada amenazante,
dispuesto a arremeter. Este caballero
se interpone y pide a Casio que se calme.
Yo salí tras el tipo que gritaba,
temiendo que sus voces, como luego sucedió,
espantaran a las gentes. Mas fue veloz,
logró escapar, y yo volví al instante,
porque oí un chocar y golpear de espadas
y a Casio maldiciendo, lo que no había oído
hasta esta noche. Cuando volví,
que fue en seguida, los vi enzarzados
a golpes y estocadas, igual que cuando vos
después los separasteis.
De este asunto no puedo decir más.
Los hombres son hombres, y hasta el mejor
se desquicia. Aunque Casio le ha hecho algo,
pues la furia no perdona al más amigo,
me parece que Casio también recibió
del fugitivo algún insulto grave
que no tenía perdón.

OTELO

Ya veo, Yago,
que tu afecto y lealtad suavizan la cuestión
en beneficio de Casio. Casio, aunque os aprecio,
nunca más seréis mi oficial.

Entra DESDÉMONA *con acompañamiento.*

¡Mirad! ¡Hasta mi amor se ha levantado! —
Serviréis de ejemplo.

DESDÉMONA

¿Qué ha ocurrido?

OTELO

　Ya nada, mi bien. Vuelve a acostarte.—
　Señor, de vuestra cura yo mismo
　me hago cargo.— Lleváoslo.

　　　[*Sacan a* MONTANO.]

　Yago, mira por toda la ciudad
　y calma a los que se han alborotado
　con la riña.— Vamos, Desdémona. Al guerrero
　la contienda perturba el dulce sueño.

　　　Salen OTELO, DESDÉMONA *y acompañamiento.*

YAGO

　¿Estáis herido, teniente?

CASIO

　Sí, y no tengo cura.

YAGO

　No lo quiera Dios.

CASIO

　¡Honra, honra, honra! ¡He perdido la honra! He perdido la
　parte inmortal de mi ser y solo me queda la parte animal.
　¡Mi honra, Yago, mi honra!

YAGO

　A fe de hombre honrado, creí que os habían hecho alguna
　herida: se siente mucho más que la honra. La honra no es
　más que una atribución vana y falsa que suele ganarse sin
　mérito y perderse sin motivo. No habéis perdido ninguna
　honra, a no ser que os tengáis por deshonrado. ¡Vamos! Hay
　maneras de ganarse otra vez al general. Os ha despedido en
　un impulso, castigando por principio, no por aversión, como
　otro habría pegado a su perro inofensivo por asustar a un
　león imponente. Suplicadle otra vez y es vuestro.

CASIO

　Le suplicaré que me desprecie antes que a un jefe tan bueno
　le engañe un oficial tan alocado, borracho e imprudente.

¡Borracho! ¡Y soltando tonterías! ¡Peleando, galleando, maldiciendo! ¡Y hablando altisonante con mi sombra! ¡Ah, invisible espíritu del vino! Si no tienes otro nombre, deja que te llame demonio.

YAGO

¿Quién era el que perseguíais con la espada? ¿Qué os había hecho?

CASIO

No sé.

YAGO

¡Será posible!

CASIO

Recuerdo un sinfín de cosas; con claridad, nada. Una riña, mas no sé por qué. ¡Dios mío! ¡Que los hombres se metan en la boca un enemigo que les roba la cordura! ¡Que nos volvamos como bestias con placer y regocijo, con festejo y aplauso!

YAGO

Pues ahora estáis bien. ¿Cómo es que os habéis recuperado?

CASIO

El diablo de la embriaguez se ha dignado ceder el puesto al diablo de la ira. Una imperfección me muestra otra y me hace despreciarme sin reservas.

YAGO

¡Vamos! Sois un moralista muy severo. Ojalá no hubiese ocurrido, teniendo en cuenta el momento, el lugar y el estado del país. Mas ahora aprovechad lo que no tiene remedio.

CASIO

Sí, voy a pedirle el puesto y él me dirá que soy un borracho. Si tuviera tantas bocas como la hidra, tal respuesta las cerraría todas. ¡Ser primero racional, muy pronto un imbécil y en seguida una bestia! ¡Qué portento! Todo vaso de más es una maldición y dentro va el diablo.

YAGO

Vamos, vamos. Sabiéndolo beber, el vino es un espíritu benigno; no lo execréis. Bueno, teniente, creo que creéis en mi afecto.

CASIO

Lo he visto muy claro, borracho y todo.

YAGO

Vos o cualquier otro puede emborracharse alguna vez. Voy
a deciros lo que debéis hacer. El general es ahora la mujer
del general. Lo digo en el sentido de que él se ha entregado
y consagrado a la contemplación, observación y admiración
de sus prendas y virtudes. Acudid a ella con franqueza, suplicadle que os ayude a recobrar vuestro puesto. Es tan generosa, buena, sensible y celestial que en su bondad tiene
por defecto no hacer más de lo que le piden. Rogadle que
junte el ligamento que os unía con su esposo, y apuesto mi
peculio contra cualquier cosa a que esa amistad, ahora rota,
llegará a ser más fuerte que nunca.

CASIO

Es un buen consejo.

YAGO

No dudéis de mi sincera amistad y honrado propósito.

CASIO

Creo en ellos firmemente. Por la mañana le pediré a la dulce
Desdémona que interceda por mí. Si me expulsan, es mi
ruina.

YAGO

Estáis en lo cierto. Buenas noches, teniente; me espera la
guardia.

CASIO

Buenas noches, honrado Yago.

Sale.

YAGO

¿Y quién va a decir que hago de malo,
cuando mi consejo es honrado y sincero,
muy puesto en razón y modo seguro
de ganarse al moro? Pues es lo más fácil
mover la complacencia de Desdémona

por una causa honrada: es más generosa
que los elementos de la naturaleza
y, en cuanto a ganarse al moro, él renunciaría
a su bautismo y a los signos de la redención
por un amor que le tiene encadenado,
pues ella puede hacer y deshacer lo que le plazca,
al punto que el deseo al moro le domine
sus pobres facultades. ¿Cómo voy a ser malvado
si, en vía paralela, indico a Casio
la línea recta de su bien? ¡Teología del diablo!
Cuando el Maligno induce al pecado más negro,
primero nos tienta con divino semblante,
como ahora yo. Mientras este honrado bobo
implora a Desdémona que remedie su suerte
y ella intercede por él, yo al moro
le vierto en el oído este veneno:
que aboga por Casio porque le desea;
y, cuanto más se afane por su bien,
tanto más minará la fe del moro.
Yo haré que su virtud se vuelva vicio
y con su propia bondad haré la red
que atrape a todos.

Entra RODRIGO.

¿Qué hay, Rodrigo?

RODRIGO

Sigo la caza, mas no como perro de presa, sino haciendo bulto.
Apenas me queda dinero, esta noche me sacuden bien el polvo
y el final de mis afanes será que tendré más experiencia. Así
que sin dinero y con más juicio me vuelvo a Venecia.

YAGO

¡Qué pobres son los impacientes!
¿Qué herida no ha sanado paso a paso?
Obramos con la mente, no con brujería,
y la mente necesita lentitud.

¿Acaso va mal? Casio te ha pegado
y a Casio un golpe tan chico lo expulsa.
Otras plantas van creciendo al sol,
mas lo que antes florece, antes da fruto [19].
Mientras tanto, calma. ¡Dios santo, amanece!
El placer y la acción acortan las horas.
Retírate, vete a tu aposento.
Vamos, ya te contaré. Anda, vete ya.

    Sale RODRIGO.

Hay que hacer dos cosas. Mi mujer
ha de mediar por Casio con su ama.
Yo la incitaré.
Mientras, llamando aparte al moro
en su momento, haré que vea a Casio
suplicante con su esposa. Sí, es la manera.
El plan ya no admite desidia ni espera.

    Sale.

III.i   *Entra* CASIO *con* MÚSICOS *y el* GRACIOSO.

CASIO
Tocad aquí, señores. Premiaré vuestra labor.
Algo que sea corto, y dad los buenos días
al general.

    [*Tocan.*]

---

[19]   Una de las muchas observaciones sibilinas tan del gusto de Yago. Según Muir puede explicarse así: el haber conseguido la expulsión de Casio significa que pronto gozarás a Desdémona, pese a la aparente dicha de su matrimonio. O, siguiendo a Sanders: aunque nuestros planes a largo plazo para seducir a Desdémona florezcan despacio, nuestro plan preparatorio contra Casio ya ha dado fruto.

GRACIOSO

¡Señores! ¿Es que esos instrumentos han estado en Nápoles, que hablan así por la nariz? [20].

MÚSICO 1.º

¿Qué queréis decir?

GRACIOSO

Veamos. ¿Son instrumentos de viento?

MÚSICO 1.º

Claro que sí, señor.

GRACIOSO

Pues les cuelga un rabo.

MÚSICO 1.º

¿Qué rabo les cuelga?

GRACIOSO

El que va con el instrumento de ventosidad. Señores, aquí tenéis dinero: al general le gusta tanto vuestra música que por caridad os pide que no hagáis más ruido.

MÚSICO 1.º

No lo haremos.

GRACIOSO

Si tenéis música que no se oiga, adelante. Mas ya sabéis que el general no quiere música.

MÚSICO 1.º

De esa música no tenemos, señor.

GRACIOSO

Pues entonces, el pito en la bolsa y se acabó. ¡Vamos, esfumaos, humo!

Salen los MÚSICOS.

CASIO

Oye, amigo.

---

[20] Suele explicarse como referencia al acento gangoso de los napolitanos, o también como alusión a los efectos de la sífilis, que entonces se asociaba con Nápoles y que ataca la nariz.

GRACIOSO

Yo no oigo a Migo: os oigo a vos.

CASIO

Anda, déjate de chanzas. Toma esta pequeña moneda de
oro. Si está levantada la dama que acompaña a la esposa del
general, dile que Casio le suplica el favor de su presencia.
¿Lo harás?

GRACIOSO

Está levantada. Me dispongo a preguntarle si se sirve *pre-
senciarse* aquí.

CASIO

[[Gracias, amigo.]]

Sale el GRACIOSO.

Entra YAGO.

Me alegro de verte, Yago.

YAGO

¿No os habéis acostado?

CASIO

Pues no. Cuando nos despedimos ya era de día.
Yago, me he permitido
llamar a tu esposa. Mi súplica es
que me proporcione una ocasión
para hablar con la dulce Desdémona.

YAGO

Ahora mismo os la mando.
Y veré la manera de alejar al moro
para que converséis con mayor libertad.

CASIO

Os lo agradezco de veras.

Sale [YAGO].

En Florencia no vi a nadie tan leal.

Entra EMILIA.

EMILIA
　Buenos días, teniente. Me apena
　que cayerais en desgracia. Mas todo irá bien.
　El general y su esposa lo están comentando,
　y ella os defiende. Otelo responde
　que el hombre al que heristeis es muy renombrado
　y tiene amistades, y que, en justa prudencia,
　se imponía el despido. Mas afirma que os aprecia
　y que no necesita más defensa que su afecto
　⟦para aprovechar la mejor ocasión⟧
　y admitiros de nuevo.
CASIO
　No obstante, os suplico
　que, si lo creéis posible y conveniente,
　me procuréis ocasión para conversar
　a solas con Desdémona.
EMILIA
　Venid, os lo ruego. Os llevaré
　donde podáis hablar con libertad.
CASIO
　Os estoy muy agradecido.

Salen.

III.ii　*Entran* OTELO, YAGO y CABALLEROS.

OTELO
　Yago, dale esta carta al piloto de la nave
　y que presente mis respetos al Senado.
　Después, ve a las obras a buscarme;
　allá estaré.
YAGO
　Muy bien, señor.

OTELO
  Señores, ¿vamos a ver la fortificación?
CABALLEROS
  A vuestras órdenes, señor.

  Salen.

III.iii   *Entran* DESDÉMONA, CASIO y EMILIA.

DESDÉMONA
  Tened por cierto, buen Casio,
  que haré cuanto pueda en vuestro apoyo.
EMILIA
  Hacedlo, señora. Os juro que mi esposo
  está sufriendo como si fuera cosa propia.
DESDÉMONA
  Es un buen hombre. Casio, haré
  que Otelo y vos volváis a ser
  tan amigos como antes.
CASIO
  Generosa señora,
  pase lo que pase a Miguel Casio,
  será siempre vuestro fiel servidor.
DESDÉMONA
  Lo sé. Gracias. Apreciáis a mi señor,
  le conocéis hace tiempo y podéis
  estar seguro de que no se alejará
  en su despego más de lo prudente.
CASIO
  Sí, señora, mas tal vez
  la prudencia dure demasiado,
  o viva de alimento tan ligero,
  o crezca tanto por las propias circunstancias
  que, en mi ausencia y ocupado ya mi puesto,
  el general olvide mi amistad y mis servicios.

DESDÉMONA
No temáis. Ante Emilia, aquí presente,
os garantizo vuestro puesto. Estad seguro
de que si hago una promesa de amistad,
la cumplo a la letra. A mi señor no dejaré
hasta que se amanse, le hablaré hasta exasperarle.
Su cama será escuela, su mesa, confesonario.
En todo lo que haga mezclaré
la súplica de Casio. Conque alegraos, Casio.
Vuestra valedora morirá
antes que abandonar vuestra causa.

Entran OTELO *y* YAGO.

EMILIA
Aquí viene mi señor.
CASIO
Señora, me retiro.
DESDÉMONA
¡Cómo! Quedaos a oír lo que le diga.
CASIO
No, señora. Me siento muy inquieto
y dañaría mis propios fines.
DESDÉMONA
Como os plazca.

Sale CASIO.

YAGO
¡Ah! Eso no me gusta.
OTELO
¿Qué dices?
YAGO
Nada, señor. Bueno, no sé.
OTELO
¿No era Casio el que hablaba con mi esposa?

YAGO

¿Casio, señor? No. No le creo capaz
de escabullirse con aire de culpable
al veros venir.

OTELO

Pues yo creo que era él.

DESDÉMONA

¿Qué hay, mi señor?
He estado hablando con un suplicante,
alguien que añora tu favor.

OTELO

¿A quién te refieres?

DESDÉMONA

Pues a Casio, tu teniente. Mi buen señor,
si tengo la virtud o el poder de persuadirte,
accede a una inmediata reconciliación.
Pues si él de veras no te aprecia
y pecó a sabiendas y no inconscientemente,
yo no sé juzgar la cara del honrado.
Te lo ruego, pídele que vuelva.

OTELO

¿Estaba aquí ahora?

DESDÉMONA

Sí, y se fue tan abatido que me ha dejado
parte de su pena para que la comparta.
Mi amor, pídele que vuelva.

OTELO

Ahora no, mi Desdémona. Otra vez.

DESDÉMONA

¿Será pronto?

OTELO

Por ser tú, mi bien, cuanto antes.

DESDÉMONA

¿Esta noche, en la cena?

OTELO

No, esta noche no.

DESDÉMONA
  ¿Mañana a mediodía?

OTELO
  No como en casa. Los capitanes
  me esperan en la ciudadela.

DESDÉMONA
  Pues mañana noche o el martes por la mañana,
  a mediodía o por la noche; o en la mañana
  del miércoles. Dime cuándo, mas que no
  pase de tres días. Te juro que le pesa.
  Salvo en la guerra, donde dicen
  que hasta el jefe sirve de escarmiento,
  su infracción no parece que merezca
  ni reprimenda privada. ¿Cuándo puede venir?
  Dímelo, Otelo. Bien quisiera yo saber
  qué ruego podría negarte o resistir
  indecisa. Y siendo Miguel Casio,
  que te ayudó a cortejarme, que tantas veces
  se puso de tu parte cuando yo
  te censuré, ¿me haces que te acose
  para rehabilitarle? Pues aún podría...

OTELO
  Basta, te lo ruego. Que venga cuando quiera.
  No pienso negarte nada.

DESDÉMONA
  ¡Vaya! Eso no es un favor.
  Es como si te rogara que te pusieras
  los guantes, te alimentases bien
  o te abrigases, o quisiera que te hicieses
  a ti mismo un bien especial. No: si algo te pido
  que de veras ponga a prueba tu amor,
  será de peso, arduo de resolver
  y arriesgado de dar.

OTELO
  No pienso negarte nada.
  A cambio solo te pido una cosa:
  que me dejes por ahora.

DESDÉMONA

¿Cómo voy a negártelo? Adiós, mi señor.

OTELO

Adiós, mi Desdémona. En seguida voy contigo.

DESDÉMONA

Ven, Emilia.

[*A* OTELO] Haz lo que te dicte el corazón.

Yo siempre te obedeceré.

Salen DESDÉMONA *y* EMILIA.

OTELO

¡Divina criatura! Que se pierda mi alma
si no te quisiera y, cuando ya no te quiera,
habrá vuelto el caos.

YAGO

Mi noble señor...

OTELO

¿Qué quieres, Yago?

YAGO

Cuando hacíais la corte a la señora,
¿conocía Miguel Casio vuestro amor?

OTELO

Sí, desde el principio. ¿Por qué lo dices?

YAGO

Por satisfacer mi curiosidad,
por nada más.

OTELO

Y, ¿por qué esa curiosidad?

YAGO

No sabía que la conociese.

OTELO

Pues sí, y fue muchas veces nuestro mediador.

YAGO

¿De veras?

OTELO

¿De veras? Sí, de veras. ¿Qué ves en ello?
¿Acaso él no es honrado?

YAGO

¿Honrado, señor?

OTELO

¿Honrado? Sí, honrado.

YAGO

Señor, que yo sepa...

OTELO

¿Qué quieres decir?

YAGO

¿Decir, señor?

OTELO

¡Decir, señor! ¡Por Dios, eres mi eco!
Como si en tu mente hubiera un monstruo
tan horrendo que no debe revelarse.
Tú ocultas algo. Cuando Casio dejó a mi esposa,
dijiste que no te gustaba. ¿A qué te referías?
Y al decirte que tenía mi confianza
mientras yo la cortejé, exclamas «¿De veras?»,
frunciendo y apretando el ceño,
como si hubieras encerrado en tu mente
alguna idea horrible. Si me aprecias de verdad,
dime lo que piensas.

YAGO

Señor, sabéis que os aprecio.

OTELO

Así lo creo. Y, como sé
que te mueve la amistad y la honradez
y que mides las palabras antes de decirlas,
esos titubeos me asustan mucho más.
Pues en boca de un granuja desleal
son hábitos corrientes, mas en un hombre fiel
son oscuras dilaciones que nacen en el alma
y no se dejan gobernar.

YAGO

En cuanto a Miguel Casio, juraría
que es hombre honrado.

OTELO

Así lo creo yo.

YAGO

Los hombres deben ser lo que parecen;
los que no lo son, ojalá no lo parezcan.

OTELO

Cierto, los hombres deben ser lo que parecen.

YAGO

Pues yo creo que Casio es honrado.

OTELO

En todo esto hay algo más.
Te lo ruego, háblame en la lengua
de tus propios pensamientos y dale
al peor de todos la peor de las palabras.

YAGO

Disculpadme, señor.
Aunque estoy obligado a la lealtad,
no haré lo que al esclavo no se exige.
¡Revelar el pensamiento! ¿Y si fuera
falso y vil? ¿En qué palacio no se ha
insinuado la ruindad? ¿Hay alma tan pura
en la que el turbio pensamiento
no se haya reunido en tribunal
con la justa reflexión?

OTELO

Yago, contra tu amigo maquinas
si, creyendo que le agravian, le ocultas
lo que piensas.

YAGO

Os lo suplico: tal vez
me haya equivocado en mi sospecha,
pues es la cruz de mi carácter
rastrear las falsedades, y a veces mi celo

crea faltas de la nada. No preste atención
vuestra cordura al que suele idear
tan burdamente, ni le inquieten
observaciones adventicias y dudosas.
Por vuestra paz y vuestro bien,
por mi hombría, prudencia y honradez,
no conviene que os diga lo que pienso.

OTELO

¿Qué insinúas?

YAGO

Señor, la honra en el hombre o la mujer
es la joya más preciada de su alma.
Quien me roba la bolsa, me roba metal;
es algo y no es nada; fue mío y es suyo,
y ha sido esclavo de miles.
Mas, quien me quita la honra, me roba
lo que no le hace rico y a mí me empobrece.

OTELO

¡Vive Dios, dime lo que piensas!

YAGO

No podría, ni con mi alma en vuestra mano,
ni querré, mientras yo la gobierne.

OTELO

¿Qué?

YAGO

Señor, cuidado con los celos.
Son un monstruo de ojos verdes que se burla
del pan que le alimenta. Feliz el cornudo
que, sabiéndose engañado, no quiere a su ofensora;
mas, ¡qué horas de angustia le aguardan
al que duda y adora, idolatra y recela!

OTELO

¡Qué tortura! [21].

---

[21]   El actor Edwin Booth, que interpretó el papel titular en el siglo XIX,
observó que la exclamación de Otelo no va referida a sí mismo.

YAGO

El pobre contento es rico y bien rico;
quien nada en riquezas y teme perderlas
es más pobre que el invierno.
¡Dios bendito, a todos los míos
guarda de los celos!

OTELO

¿Por qué, eso por qué?
¿Tú crees que viviría una vida de celos,
cediendo cada vez a la sospecha
con las fases de la luna? [22]. No. Estar en la duda
es tomar la decisión. Que me vuelva
macho cabrío si mi espíritu se entrega
a conjeturas tan extrañas y abultadas
como tú muestras. Para darme celos no basta
decir que mi esposa es bella, sociable, sabe
comer y conversar, canta, tañe y baila:
estas prendas le añaden virtud.
Y mi propia indignidad no me causa
la menor duda o recelo de su fidelidad,
pues tenía ojos y me eligió. No, Yago;
quiero ver antes de dudar. Si dudo, pruebas;
y con pruebas no hay más que una solución:
¡Adiós al amor o a los celos!

YAGO

Me alegro, pues ahora ya puedo
mostraros mi afecto y lealtad
con más franqueza. Así que, como es mi deber,
os diré algo. Pruebas aún no tengo.
Vigilad a vuestra esposa; observadla con Casio.
Los ojos así [23]: ni celosos, ni crédulos.

---

[22]   Es decir, como un demente. Sobre la supuesta influencia de la luna en
la conducta humana véase nota 18, pág. 89.
[23]   Es decir, vigilantes.

Que no engañen a vuestro noble y generoso
corazón en su propia bondad; conque, atento.
Conozco muy bien el carácter de mi tierra [24]:
las mujeres de Venecia enseñan a Dios
los vicios que ocultarían a sus maridos.
Su conciencia no las lleva a reprimirse,
sino a encubrirlos.

OTELO

¿Lo dices en serio?

YAGO

Engañó a su padre al casarse con vos;
y, cuando parecía temblar y temer
vuestro semblante, es cuando más os quería.

OTELO

Es verdad.

YAGO

Pues, eso. Si tan joven ya sabía
sacar esa apariencia, dejando a su padre
tan ciego que creía que era magia...
He hecho muy mal. Os pido humildemente
perdón por apreciaros tanto.

OTELO

Siempre te estaré agradecido.

YAGO

Veo que esto os ha desconcertado.

OTELO

Nada de eso, nada de eso.

YAGO

Pues yo temo que sí. Espero que entendáis
que lo dicho lo ha dictado mi amistad.
Mas os veo alterado. Permitidme suplicaros
que no arrastréis mis palabras

---

[24]   El paso de Yago es arriesgado, pero decisivo: por primera vez en su
tentación está apuntando a la vulnerabilidad de Otelo (su ignorancia de extranjero, su color).

a un terreno más crudo o extenso
que el de la sospecha.

OTELO

Descuida.

YAGO

Si lo hicierais, señor,
mis palabras tendrían consecuencias
que jamás soñó mi pensamiento.
Casio es mi gran amigo. Señor, os veo alterado.

OTELO

No, no mucho. Estoy seguro
de que Desdémona es honesta.

YAGO

Que lo sea por muchos años y vos que lo creáis.

OTELO

Y, sin embargo, apartarse de las leyes naturales...

YAGO

¡Ah, ahí está! Pues, si me lo permitís,
rechazar todos esos matrimonios
con gente de su tierra, color y condición,
lo que siempre parece natural...
¡Mmm...! Ahí se adivina un deseo viciado,
grave incongruencia, propósito aberrante.
Perdonadme: en mis presunciones
no pensaba en ella. Aunque temo
que quiera volver sobre sus pasos
y, al compararos con sus compatriotas,
pueda arrepentirse.

OTELO

Muy bien, adiós.
Si observas algo, dímelo.
Que vigile tu mujer. Déjame, Yago.

YAGO [*saliendo*]

Señor, me retiro.

OTELO

¿Por qué me casé? Seguro que el buen Yago
ve y sabe más, mucho más de lo que dice.

YAGO [*volviendo*]
Señor, me permito suplicaros
que no os dejéis obsesionar. Que el tiempo decida.
Es justo que Casio recobre su puesto,
pues lo ejerce con gran competencia,
mas, teniéndole apartado un poco más,
podréis observar al hombre y sus métodos.
Ved si vuestra esposa insiste en que vuelva
y encarece su ruego con ardor:
eso dirá mucho. Mientras tanto,
que mi temor justifique mi injerencia,
pues temo de verdad que ha sido grande,
y, os lo ruego, no culpéis a vuestra esposa.

OTELO
No temas por mi aplomo.

YAGO
Nuevamente me retiro.

                    Sale.

OTELO
Este hombre es de gran honradez,
y su experiencia le permite discernir
los móviles humanos. Como ella resulte
un halcón indomable, aunque la haya atado
con las fibras de mi corazón, la suelto
al hilo del viento y la dejo a la suerte.
Quizá por ser negro y faltarme las prendas
gentiles del galanteador, o haber descendido
por el valle de los años (aunque poco importa),
me quedo sin ella y burlado, y mi consuelo
ha de ser detestarla. ¡Maldición de matrimonio!
¡Llamar nuestras a tan gratas criaturas
y no a sus apetencias! Prefiero ser sapo
y vivir de los miasmas de un calabozo
que dejar un rincón de mi ser más querido

para uso de otros. Mas es la cruz del grande,
pues el humilde es más privilegiado.
Como la muerte, es destino inevitable:
la suerte del cornudo ya está echada
desde el momento en que nace. Aquí viene ella.

Entran DESDÉMONA *y* EMILIA.

Si me engaña, el cielo se ríe de sí mismo.
No pienso creerlo.
DESDÉMONA
    ¿Qué ocurre, querido Otelo?
    La cena y los nobles de la isla
    que has invitado aguardan tu presencia.
OTELO
    La culpa es mía.
DESDÉMONA
    ¿Por qué hablas tan bajo? ¿No estás bien?
OTELO
    Me duele la cabeza, aquí, en la frente.
DESDÉMONA
    Eso es de tanto velar. Se te quitará.
    Deja que te ate un pañuelo. Antes de una hora
    ya estará bien.
OTELO
    Tu pañuelo es muy pequeño. Déjalo.

[*A* DESDÉMONA *se le cae el pañuelo.*]

Vamos, voy contigo.
DESDÉMONA
    Me apena que no estés bien.

Salen OTELO *y* DESDÉMONA.

EMILIA

Me alegra encontrar este pañuelo.
Fue el primer regalo que le hizo el moro.
Mi caprichoso marido me ha tentado
cien veces para que se lo quite; mas ella
lo adora, pues Otelo le hizo jurar
que lo conservaría, y siempre lo lleva consigo,
y lo besa y le habla. Pediré una copia
para dársela a Yago. ¡Sabe Dios
qué piensa hacer con el pañuelo!
Yo solo sé complacer su capricho.

Entra YAGO.

YAGO

¿Qué hay? ¿Qué haces aquí sola?

EMILIA

Sin reprender: tengo algo que enseñarte.

YAGO

¿Algo que enseñarme? Algo que muchos han visto...

EMILIA

¿Eh?

YAGO

... es una esposa sin juicio.

EMILIA

Ah, ¿era eso? ¿Qué me darás
si te doy aquel pañuelo?

YAGO

¿Qué pañuelo?

EMILIA

¿Qué pañuelo? Pues el que Otelo regaló
a Desdémona, el que tú tantas veces
me pedías que le quitase.

YAGO

¿Se lo has quitado?

EMILIA
No, se le cayó por descuido.
Por suerte yo estaba allí y lo cogí.
Mira, aquí está.

YAGO
¡Qué gran mujer! Dámelo.

EMILIA
¿Qué vas a hacer con él, que con ahínco
me pedías que lo robase?

YAGO
Y a ti, ¿qué más te da?

[*Se lo quita.*]

EMILIA
Si no es para nada de importancia,
devuélvemelo. ¡Pobre señora!
Se va a volver loca cuando no lo encuentre.

YAGO
Tú no sabes nada. A mí me hace falta.
Anda, vete ya.

Sale EMILIA.

Dejaré el pañuelo donde vive Casio;
él lo encontrará. Simples menudencias
son para el celoso pruebas más tajantes
que las Santas Escrituras. Me puede servir.
El moro está cediendo a mi veneno:
la idea peligrosa es veneno de por sí
y, aunque empiece por no desagradar,
tan pronto como actúa sobre la sangre,
arde como mina de azufre. ¿No lo decía?

Entra OTELO.

Aquí llega. Ni adormidera o mandrágora,
ni todos los narcóticos del mundo
podrán devolverte el dulce sueño
de que gozabas ayer.

OTELO

¿Así que me engaña?

YAGO

¡Vamos, general! Dejad ya eso.

OTELO

¡Fuera, vete! Me has puesto en el suplicio.
Te juro que es mejor ser engañado
que sospecharlo una pizca.

YAGO

¡Vamos, señor!

OTELO

¿Tenía yo noción de su furtivo deleite?
Ni lo veía, ni me dolía, ni lo pensaba.
Vivía feliz y confiado, dormía cada noche;
en sus labios no veía los besos de Casio.
Aquel a quien roban, si no advierte el robo,
mejor que lo ignore, y así nada pierde.

YAGO

Vuestras palabras me apenan.

OTELO

Feliz habría sido pudiendo ignorarlo,
aunque toda la tropa, hasta el último peón,
gozase con su cuerpo. Ahora,
¡adiós para siempre al alma serena!
¡Adiós al sosiego! ¡Adiós a penachos marciales
y a guerras grandiosas que enaltecen la ambición!
¡Adiós! ¡Adiós al relincho del corcel
y a trompetas vibrantes, a tambores
que enardecen y a pífanos que asordan,
a regios estardantes y a todo el esplendor,
gloria, pompa y ceremonia de la guerra!
Y tú, mortífero bronce, cuya ruda garganta

imita el fragor espantoso de Júpiter,
¡adiós! Otelo ya no tiene ocupación.

YAGO

Señor, ¿es posible?

OTELO

Infame, demuestra que mi amada es una puta;
demuéstralo. Quiero la prueba visible
o, por la vida perdurable de mi alma,
más te habría valido nacer perro
que hacer frente a mi furia desatada.

YAGO

¿A esto hemos llegado?

OTELO

Házmelo ver o, por lo menos, demuéstramelo
de modo que en la prueba no haya gancho
ni aro en que colgar una duda o, ¡ay de ti!

YAGO

Mi noble señor...

OTELO

Como tú la calumnies y a mí me atormentes,
no reces más; abandona tu conciencia,
cubre de horrores la cima del horror,
haz que llore el cielo y se espante la tierra,
pues nada peor podrás añadir
a tu condenación.

YAGO

¡Misericordia! ¡Que el cielo me asista!
¿Sois hombre? ¿Tenéis alma? ¿O raciocinio?
Adiós. Quedaos con mi puesto. ¡Ah, desgraciado,
que por afecto vuelves vicio la honradez!
¡Ah, mundo atroz! ¡Fíjate, fíjate, mundo!
Ser honrado y sincero trae peligro.
Os agradezco la lección, y desde ahora
no quiero amigos, pues la amistad es dolor.

OTELO

No, espera. Tú debes ser honrado.

YAGO

Debiera ser listo, que la honradez
es muy tonta y se arruina en sus afanes.

OTELO

¡Por Dios!
Creo que mi esposa es honesta y no lo creo;
creo que tú eres leal y no lo creo.
Quiero una prueba. Su nombre [25] era tan claro
como el rostro de Diana, y ahora está más sucio
y más negro que mi faz. No voy a soportarlo
cuando hay sogas, cuchillos, veneno, fuego
o aguas que ahogan [26]. ¡Querría estar seguro!

YAGO

Señor, veo que os devora la pasión.
Me arrepiento de haberla provocado.
¿Querríais estar seguro?

OTELO

Querría, no: quiero.

YAGO

Y podéis. Mas, señor, ¿cómo estar seguro?
¿Queréis ser un zafio espectador?
¿Ver como la montan?

OTELO

¡Ah, muerte y condenación!

YAGO

Sería difícil y engorroso, creo yo,
llevarlos a esa escena. Que se condenen
los ojos que los vean acostados.
Entonces, ¿qué? Entonces, ¿cómo?

---

[25] Estos ocho versos de Otelo faltan en Q1, y en F se lee «My name», es decir el nombre de Otelo. Pero la lectura de la segunda edición en cuarto (Q2) es «Her name», es decir el nombre de Desdémona, que a mi juicio tiene más sentido, tanto contextual como dramáticamente. Se adopta esta lectura en varias ediciones modernas.

[26] Medios con los que el marido deshonrado podía matar a su adúltera esposa en Venecia y, en general, en toda Italia.

¿Qué queréis que diga? ¿Cómo estar seguro?
No podréis verlo, aunque sean más ardientes
que las cabras, más lascivos que los monos,
más calientes que una loba en celo
y más brutos que la ignorancia borracha.
Mas, si buscáis seguridad
en indicios vehementes que lo apoyen
y lleven al umbral de la verdad,
podréis tenerla.

OTELO

Dame una prueba real de que me engaña.

YAGO

No me gusta la encomienda,
mas, habiéndome adentrado en este pleito,
movido del afecto y la necia lealtad,
no me detendré. Descansaba yo con Casio
y me vino tal dolor de muelas
que no podía dormir.
Los hay tan ligeros de lengua
que durmiendo musitan sus asuntos.
Casio es uno de estos.
Le oí decir en sueños: «Querida Desdémona,
seamos prudentes, ocultemos nuestro amor».
Y entonces me agarra y me tuerce la mano,
gritando «¡Divina criatura!», y me besa con ganas,
como arrancando de cuajo los besos
que crecieran en mis labios; y me echa
la pierna sobre el muslo, suspira, me besa
y grita «¡Maldita la suerte que te dio al moro!».

OTELO

¡Asombroso, asombroso!

YAGO

Bueno, no fue más que un sueño.

OTELO

Pero indica una acción consumada.

YAGO

Aunque sueño, es indicio grave.
Podría sustanciar otras pruebas
más débiles.

OTELO

¡La haré mil pedazos!

YAGO

Sed prudente. Aún no es seguro;
quizá sea honesta. Mas, decidme,
¿no la habéis visto con un pañuelo
en la mano, bordado de fresas?

OTELO

Uno así tiene ella: fue mi primer regalo.

YAGO

No lo sabía. Mas hoy he visto a Casio
limpiarse la barba con un pañuelo así,
y seguro que era el de ella.

OTELO

Como sea ese...

YAGO

Como sea ese u otro que sea suyo,
la incrimina con las otras pruebas.

OTELO

¡Tuviera el infame diez mil vidas!
Una es poco, una no es nada para mi venganza.
Ahora ya veo que es cierto. Mira, Yago,
cómo echo al aire mi estúpido amor; adiós.
¡Negra venganza, sal de tu cóncava celda!
¡Amor, entrega corona y trono querido
al odio salvaje! ¡Estalla, corazón, y suelta
esa carga de lenguas de áspid!

Se arrodilla.

YAGO

Sosegaos.

OTELO

   ¡Ah, sangre, sangre, sangre!

YAGO

   Tened calma. Acaso cambiéis de idea.

OTELO

   Jamás, Yago. Como el Ponto Euxino,
   cuya fría corriente e indómito curso
   no siente la baja marea y sigue adelante
   hacia la Propóntide y el Helesponto[27],
   así mis designios, que corren violentos,
   jamás refluirán, y no cederán al tierno cariño
   hasta vaciarse en un mar de profunda
   e inmensa venganza. Por ese cielo esmaltado,
   con todo el fervor de un sagrado juramento,
   empeño mi palabra.

YAGO

   No os levantéis.

   Se arrodilla.

   Estrellas que ardéis en lo alto, sed testigos,
   elementos que nos ciñen y rodean,
   sed testigos de que Yago desde ahora
   consagra la actividad de su cerebro,
   su corazón y sus manos al servicio
   del agraviado Otelo. Que dicte sus órdenes,
   y mi obediencia será compasión,
   por cruel que sea la empresa.

   [Se levanta.]

---

   [27]   Estos versos de Shakespeare están basados seguramente en unas referencias de la *Historia natural* de Plinio al curso de las aguas del mar Negro.
   El Ponto Euxino es el nombre antiguo del mar Negro, la Propóntide el del
   mar de Mármara (situado entre el mar Negro y el Egeo) y el Helesponto el
   del Estrecho de los Dardanelos (situado entre el mar de Mármara y el Egeo).

OTELO

Acojo tu afecto con franca aceptación,
no con vana gratitud, y sin más demora
te pongo a prueba. De aquí a tres días
quiero que me digas que Casio no vive.

YAGO

Mi amigo está muerto. Lo mandáis
y está hecho. Mas a ella dejadla que viva.

OTELO

¡Así se condene la zorra! ¡Maldita, maldita!
Vamos, ven conmigo. Voy a proveerme
de algún medio rápido para acabar
con el bello demonio. Desde ahora eres mi teniente.

YAGO

Vuestro para siempre.

Salen.

III.iv   *Entran* DESDÉMONA, EMILIA *y el* GRACIOSO.

DESDÉMONA

¡Tú! ¿Sabes en dónde para el teniente Casio?

GRACIOSO

No puedo decir que pare.

DESDÉMONA

Y, ¿por qué?

GRACIOSO

Porque un soldado no para y, si le llevas la contra, no hay
quien lo pare.

DESDÉMONA

¡Vamos! ¿Dónde se hospeda?

GRACIOSO

Deciros dónde se hospeda es deciros que me paro.

DESDÉMONA

¿Qué quieres decir?

GRACIOSO
No sé dónde se hospeda y si me invento una posada y digo que
para en esta o aquella, el invento se me para en la garganta.

DESDÉMONA
¿Puedes inquirir por él y ser instruido en la respuesta?

GRACIOSO
Haré catequesis por el mundo: digo que haré preguntas y
tendré contestación.

DESDÉMONA
Búscale. Pídele que venga. Dile que he intercedido con mi
esposo en su favor y que confío en que todo saldrá bien.

GRACIOSO
Hacer eso no rebasa los límites del entendimiento, conque
voy a intentarlo.

Sale.

DESDÉMONA
¿Dónde habré perdido ese pañuelo, Emilia?

EMILIA
No lo sé, señora.

DESDÉMONA
Mejor habría sido perder mi bolsa
llena de ducados. Si mi noble Otelo
no fuese magnánimo, ni estuviese limpio
de la ruindad del celoso, bastaría
para darle que pensar.

EMILIA
¿No es celoso?

DESDÉMONA
¿Quién, él? Yo creo que el sol de su tierra
le quitó esos humores [28].

---

[28]   Se creía que la proporción de humores en el cuerpo humano determi-
naba el temperamento. Aquí se trataría de un exceso de bilis negra (atrabilis)
que se creía causante de los celos.

EMILIA
    Mirad. Aquí viene.

            Entra OTELO.

DESDÉMONA
    Ahora no voy a dejarle hasta que llame
    a Casio.— ¿Cómo está mi señor?
OTELO
    Bien, mi señora. [*Aparte*] ¡Qué duro disimular! —
    Y, ¿cómo está mi Desdémona?
DESDÉMONA
    Muy bien, mi señor.
OTELO
    Dame la mano. Esta mano está húmeda.
DESDÉMONA
    No conoce los años ni las penas.
OTELO
    Es señal de largueza y libertad[29].
    Caliente, caliente y húmeda. Esta mano
    es muy libre; necesita ayuno y oración,
    mucha penitencia, prácticas piadosas,
    pues encierra a un ardiente diablillo
    que suele rebelarse. Una mano buena,
    una mano abierta.
DESDÉMONA
    Bien puedes decirlo, pues con esta mano
    te di mi corazón.
OTELO
    Noble mano. Antaño la mano se daba

---

[29]   Otelo y Desdémona entienden de modo distinto la humedad de la
mano, reflejando al parecer dos creencias diversas de la época. Para Desdémona expresa juventud y amor, que es lo que ella ofrece a Otelo. Para este
indica generosidad y libertad sexuales, que es lo que implícitamente le reprocha a Desdémona.

    con el corazón; en los nuevos blasones
    hay manos, mas no corazón [30].

DESDÉMONA
    No te entiendo. Vamos, tu promesa.

OTELO
    ¿Qué promesa, mi bien?

DESDÉMONA
    He hecho llamar a Casio para que te vea.

OTELO
    Me aqueja un penoso catarro.
    Déjame el pañuelo.

DESDÉMONA
    Toma.

OTELO
    El que te regalé.

DESDÉMONA
    No lo llevo.

OTELO
    ¿No?

DESDÉMONA
    No, de verdad.

OTELO
    Mal hecho. Ese pañuelo se lo dio
    a mi madre una egipcia: una maga
    que casi leía el pensamiento.
    Le dijo que, mientras lo tuviera,
    sería muy querida y rendiría a mi padre
    enteramente a su amor; mas que, si lo perdía
    o regalaba, sería odiosa a los ojos
    de mi padre, cuyo ánimo iría en pos
    de otros amores. Al morir me lo dio,

---

[30] «Manos» y «corazones» son aquí emblemas heráldicos. Otelo quiere decir que, mientras que antaño ambos iban juntos, actualmente la unión exterior de ambos en el matrimonio no lleva consigo la unión amorosa.

y me pidió que lo entregara a quien la suerte
me diera por esposa. Así lo hice.
Tenlo en cuenta y quiérelo como a tus ojos.
Perderlo o regalarlo acarrearía
una ruina incomparable.

DESDÉMONA

¿Es posible?

OTELO

No miento. Es la magia del tejido.
Una sibila, que en el mundo había contado
el giro del sol doscientas veces,
cosió su bordado en profético furor;
hicieron la seda gusanos sagrados
y se tiñó en caromomia, que los sabios
prepararon con corazones de vírgenes.

DESDÉMONA

Pero, ¿es cierto?

OTELO

Cierto y verdadero, luego cuídalo bien.

DESDÉMONA

Entonces, ¡ojalá no lo hubiera visto nunca!

OTELO

¿Eh? ¿Por qué?

DESDÉMONA

¿Cómo es que hablas tan violento y excitado?

OTELO

¿Se ha perdido? ¿No está? ¡Habla! ¿Se ha extraviado?

DESDÉMONA

¡Dios nos bendiga!

OTELO

¿Qué respondes?

DESDÉMONA

Que no. Pero, ¿y si se hubiera perdido?

OTELO

¿Cómo?

DESDÉMONA
Digo que no se ha perdido.
OTELO
Tráelo, que lo vea.
DESDÉMONA
Podría traerlo, pero ahora no. Todo esto
es una excusa para que olvide mi ruego.
Vamos, haz que Casio sea rehabilitado.
OTELO
Tráeme el pañuelo. Tengo dudas.
DESDÉMONA
Vamos, vamos.
Nunca verás a hombre más apto.
OTELO
¡El pañuelo!
⟦DESDÉMONA
Te lo ruego, habla de Casio.
OTELO
¡El pañuelo!⟧
DESDÉMONA
Es un hombre cuya suerte siempre consagró
a la amistad que te profesa,
que compartió tus peligros...
OTELO
¡El pañuelo!
DESDÉMONA
La verdad, eres injusto.
OTELO
¡Dios!

Sale.

EMILIA
¿Conque no es celoso?
DESDÉMONA
Jamás le vi así.

Seguro que es la magia del pañuelo.
Me apena mucho haberlo perdido.

EMILIA

Un año o dos no revelan a un hombre.
Todos son estómagos y nosotras, comida.
Nos comen con hambre y, una vez llenos,
nos eructan.

Entran YAGO *y* CASIO.

Mirad: Casio y mi marido.

YAGO

No hay otro remedio: debe hacerlo ella.
¡Mirad qué suerte! Id a rogarle.

DESDÉMONA

¿Qué hay, buen Casio? ¿Alguna noticia?

CASIO

Mi ruego, señora. Os suplico
que, por vuestra favorable mediación,
yo pueda volver a existir y gozar
del afecto de aquel a quien, con toda
la entrega de mi alma, honro sin reservas.
No lo aplacéis. Si tan grave es mi delito
que ni acciones pasadas, penas presentes
o intención de servicios futuros
son rescate suficiente de su afecto,
el beneficio de saberlo solicito.
Así me envolveré en fingida complacencia,
resignado a seguir otro camino
al albur de la fortuna.

DESDÉMONA

¡Ah, noble Casio!
Mi defensa no encuentra consonancia:
mi esposo no es mi esposo, ni podría
conocerle si tuviera el semblante tan cambiado
como el ánimo. Por todos los santos os juro
que por vos he hecho lo imposible,

poniéndome al alcance de su enojo
por hablarle con franqueza. Debéis esperar.
Lo que pueda, lo haré: más de lo que me atrevo
a hacer por mí misma. Que eso os baste.

YAGO

¿Enojado mi señor?

EMILIA

Salió hace un momento
y, desde luego, con gran excitación.

YAGO

¿Cómo puede enojarse? Yo he visto
cómo el cañón hacía saltar sus batallones
por el aire y, como un diablo, arrebataba
a su propio hermano de su lado. ¿Enojado?
Será algo grave. Voy a buscarle.
Algo ha de pasar si está enojado.

DESDÉMONA

Ve con él, te lo ruego.

Sale YAGO.

Le habrá enturbiado su espíritu limpio
algún asunto de Estado, quizá de Venecia,
o alguna conjura malograda, recién
descubierta aquí, en Chipre. En esos casos,
cuando les preocupan cosas de importancia,
los hombres discuten por una minucia.
Ocurre así. Cuando el dedo nos duele, parece
que transmite dolor a los miembros sanos.
No; no pensemos que los hombres son dioses,
ni de ellos esperemos miramientos
como el día de las bodas. ¡Regáñame, Emilia!
Soy una torpe guerrera[31] y con el alma

---

[31]   Eco de «¡Mi bella guerrera!» («My fair warrior») con que Otelo la sa-
ludó al llegar a Chipre en II.i.

acusaba de rigor a mi marido;
mas veo que he inducido a falso testimonio
y que le he acusado injustamente.

EMILIA

Dios quiera que sean asuntos de Estado,
como creéis, y no algún antojo o celos
caprichosos que os afecten.

DESDÉMONA

¡Cielo santo! Jamás le di motivo.

EMILIA

Sí, mas eso al celoso no le sirve.
El celoso no lo es por un motivo:
lo es porque lo es. Los celos son un monstruo
engendrado y nacido de sí mismo.

DESDÉMONA

Dios guarde de ese monstruo el alma de Otelo.

EMILIA

Así sea, señora.

DESDÉMONA

Voy a buscarle. Casio, quedad por aquí.
Si le veo bien dispuesto, le presentaré
vuestra súplica y haré lo imposible
por que acceda.

CASIO

Señora, con humildad os lo agradezco.

> *Salen* DESDÉMONA *y* EMILIA.
> *Entra* BIANCA.

BIANCA

Dios te guarde, amigo Casio.

CASIO

¿Qué haces que no estás en casa?
¿Cómo está mi bellísima Bianca?
Te juro, mi amor, que iba a visitarte.

BIANCA

Y yo iba a tu aposento. ¿Conque una semana
sin verme? ¿Siete días con sus noches?
¿Trece veces trece horas? ¡Y horas de ausencia
del amado, cien veces más largas
que las del reloj! ¡Qué agobio de cuenta!

CASIO

Perdóname, Bianca: estos días
me abrumaban muy graves pensamientos.
Te pagaré mi cuenta de ausencia
de manera más continua. Querida Bianca,
cópiame este bordado.

[*Le da el pañuelo.*]

BIANCA

Casio, esto, ¿de dónde ha salido?
Seguro que es prenda de una nueva amiga.
Ahora veo el motivo de la ausencia.
¿A esto hemos llegado? Vaya, vaya.

CASIO

¡Quita, mujer! Devuelve
tus viles recelos a la boca del diablo,
que es quien te los dio. Tú sospechas
que esto es de una amante, algún recuerdo.
Te juro que no, Bianca.

BIANCA

Pues, ¿de quién es?

CASIO

Ni yo lo sé. Lo encontré en mi aposento.
Me gusta el bordado. Antes que lo busquen,
como harán seguramente, quisiera una copia.
Toma y hazla, y ahora, déjame.

BIANCA

¿Que te deje? ¿Por qué?

CASIO
   Estoy esperando al general,
   y no sería propio, ni es mi deseo,
   que me vea con una mujer.
BIANCA
   ¿Y por qué?
CASIO
   No es que no te quiera.
BIANCA
   Es que no me quieres.
   Te lo ruego, acompáñame un poco
   y dime si he verte al atardecer.
CASIO
   Apenas si puedo acompañarte, pues he
   de seguir esperando; mas te veré luego.
BIANCA
   Muy bien. Tendré que conformarme.

   Salen.

IV.i   *Entran* OTELO *y* YAGO.

YAGO
   ¿Vais a creerlo?
OTELO
   ¿Creerlo, Yago?
YAGO
   ¿Un beso a solas?
OTELO
   ¡Un beso ilícito!
YAGO
   ¿O estar desnuda en la cama con su amigo
   una hora o más sin mala intención?
OTELO
   ¿Desnuda en la cama sin mala intención, Yago?
   Eso es hipocresía con el diablo.

A quienes obran con virtud y hacen esas cosas,
el diablo les tienta la virtud
y ellos tientan al cielo.

YAGO
Si no hacen nada es pecado venial;
mas si yo le doy un pañuelo a mi mujer...

OTELO
¿Qué?

YAGO
Pues que es suyo, señor, y, siendo suyo,
creo que puede regalárselo a otro hombre.

OTELO
Mas ella es protectora de su honra.
¿Puede entregarla?

YAGO
Su honra es una esencia invisible.
La siguen teniendo quienes ya no la tienen.
Pero el pañuelo...

OTELO
¡Por Dios, ojalá que lo hubiera olvidado!
Me decías (ah, se cierne sobre mi memoria
como cuervo sobre casa apestada,
augurando infortunio) que él tenía mi pañuelo.

YAGO
¿Y qué?

OTELO
Pues que no está bien.

YAGO
¿Y si hubiera dicho que le vi ofenderos?
¿O le hubiera oído decir, como esos granujas
que, haciendo la corte con porfía
o por la débil voluntad de alguna dama,
las convencen y complacen, y no
saben callarse...?

OTELO
¿Ha dicho algo?

YAGO

Sí, señor. Pero seguro que no más
de lo que niegue bajo juramento.

OTELO

¿Qué ha dicho?

YAGO

Pues que... No sé qué.

OTELO

¿Qué, qué?

YAGO

Durmió...

OTELO

¿Con ella?

YAGO

Con ella, sobre ella, como queráis.

OTELO

¿Durmió con ella? ¿Sobre ella? Entonces decimos que dormir es infamarla. ¡Con ella! ¡Dios, qué asco! ¡Pañuelo, confesión, pañuelo! Confesión y horca por hacerlo. Primero la
horca y después la confesión. Me hace temblar. Mi naturaleza no caería sin fundamento en pasión tan cegadora. No
son palabras lo que me agita. ¡Uf! Nariz, orejas, labios. ¿Es
posible? ¿Confesión? ¿Pañuelo? ¡Vil demonio!

Cae inconsciente.

YAGO

Actúa, veneno, actúa. Así es como caen
los crédulos bobos, y así es como pierden la honra
muchas dignas damas, siendo inocentes y puras.
¡Eh, señor! ¡Vamos, señor! ¡Otelo!

Entra CASIO.

¿Qué hay, Casio?

CASIO
    ¿Qué pasa?
YAGO
    Mi señor ha tenido un ataque de epilepsia.
    Ya es el segundo: ayer tuvo uno.
CASIO
    Frótale las sienes.
YAGO
    No, dejadle.
    Que la inconsciencia siga su curso. Si no,
    echará espumarajos por la boca
    y se pondrá enfurecido. Mirad, se mueve.
    Retiraos un momento.
    Se repondrá en seguida. Cuando se haya ido,
    quiero hablaros de un asunto importante.

                [*Sale* CASIO.]

    ¿Qué hay, general? ¿Os habéis
    lastimado la cabeza?
OTELO
    ¿Te burlas de mí?[32].
YAGO
    ¿Burlarme de vos? No, por Dios.
    Así llevarais vuestra suerte como un hombre.
OTELO
    Un cornudo es un monstruo y una bestia.
YAGO
    Entonces en una ciudad populosa
    hay muchas bestias y monstruos civiles.
OTELO
    ¿Lo ha confesado?

_____

[32]   Por burdo que parezca y como confirma el diálogo que sigue, Otelo
hace la pregunta como si Yago hubiese insinuado un golpe en la cabeza de un
cornudo.

YAGO
    Mi buen señor, sed hombre. Pensad
    que quien lleva barba y va en coyunda,
    tal vez arrastre esa carga. Son millones
    los que duermen en camas apropiadas
    que ellos creen propias. Vuestro caso es mejor.
    ¡Ah, qué ruindad del diablo, qué burla del maligno
    es besar a una indecente, creyéndola pura,
    en el lecho conyugal! No, yo quiero saberlo
    y, sabiendo lo que soy, sabré cómo acabará ella.
OTELO
    ¡Ah, qué sagaz! Es cierto.
YAGO
    Alejaos un momento;
    no crucéis la frontera de la calma.
    Cuando estabais abrumado por la angustia,
    flaqueza que no cuadra a un hombre como vos,
    llegó Casio. Logré librarme de él;
    vuestro desmayo me dio una buena excusa.
    Le dije que volviese pronto y hablaríamos,
    lo cual prometió. Ahora escondeos,
    y fijaos en las burlas, muecas y visajes
    que aloja cada zona de su cara,
    pues haré que vuelva a contarme
    dónde, cómo, cuándo, desde cuándo y cada cuánto
    se entiende y entenderá con vuestra esposa.
    Fijaos bien en su actitud. Vamos, calma,
    o diré que sois todo bilis
    y nada ser humano.
OTELO
    ¿Me oyes bien, Yago?
    Seré muy cauteloso con mi calma,
    pero, ¿me oyes bien?, muy violento.
YAGO
    Eso está bien. Mas todo a su hora.
    ¿Queréis retiraros?

[*Se esconde* OTELO.]

Ahora le hablaré a Casio de Bianca,
una mujerzuela que, vendiendo sus favores,
se paga la ropa y el pan. Se muere
por Casio, pues es la maldición de las perdidas
engañar a muchos y que uno solo
las engañe. Cuando la oiga nombrar,
no podrá contenerse de la risa. Aquí llega.

Entra CASIO.

Cuando se ría, Otelo se pondrá furioso,
y sus celos ignorantes torcerán
el desparpajo, las sonrisas y ademanes
del pobre Casio. ¿Qué tal, teniente?

CASIO

Nunca peor, pues me nombras por el puesto
cuya carencia me mata.

YAGO

Porfiad con Desdémona y será vuestro.
Si de Bianca dependiese vuestra súplica,
¡qué pronto seríais favorecido!

CASIO

¡Ah, pobre criatura!

OTELO

Ya se está riendo.

YAGO

Jamás conocí mujer tan enamorada.

CASIO

¡Ah, la pobrecilla! Sí, creo que me quiere.

OTELO

Lo niega a medias y lo toma a risa.

YAGO

Escuchad, Casio.

OTELO

Ahora le fuerza a que lo cuente.
Muy bien, vamos, adelante.

YAGO

Ella va diciendo que la haréis
vuestra esposa. ¿Es vuestra intención?

CASIO

¡Ja, ja, ja!

OTELO

¿Triunfante, romano, triunfante?

CASIO

¿Hacerla mi esposa? ¿A una buscona? Anda, ten caridad
con mi uso de razón. No lo juzgues tan enfermo. ¡Ja, ja, ja!

OTELO

Vaya, vaya. Ríe quien vence.

YAGO

Pues corre la voz de que os casaréis.

CASIO

Vamos, habla en serio.

YAGO

Si miento, soy un canalla.

OTELO

¿Conque me has marcado? Bien.

CASIO

Eso es un cuento de esa mona. Es su amor y vanidad, no mi
promesa, lo que le hace creer que nos casaremos.

OTELO

Yago me hace señas. Ya empieza la historia.

CASIO

Ha estado aquí hace poco. Me asedia por todos lados. El
otro día hablaba yo con unos venecianos a la orilla del
mar, y viene la mozuela y, te lo juro, se me agarra al cuello
así.

OTELO

Gritando «¡Ah, querido Casio!», como aquel que dice. Sus
ademanes lo explican.

CASIO
Se me apoya, se me cuelga y me llora, y venga a tirar de mí. ¡Ja, ja, ja!

OTELO
Ahora contará que se lo llevó a mi cuarto. ¡Ah, te veo la nariz, pero no el perro al que se la echaré!

CASIO
Pues tendré que dejármela.

YAGO
¡Vive Dios! Ahí viene.

Entra BIANCA.

CASIO
Una de esas zorras. Sí, y bien perfumada.— ¿Qué pretendes asediándome así?

BIANCA
¡Que te asedien a ti el diablo y su madre! ¡Y tú qué pretendías con el pañuelo que me has dado? ¡Valiente tonta fui al llevármelo! ¿Que copie el bordado? ¡Tú sí lo bordas todo encontrando en tu cuarto un pañuelo que no sabes quién dejó! ¿La prenda de una lagarta y quieres que yo te la copie? Ten, dásela a tu moza. Me da igual la procedencia: yo no te copio el bordado.

CASIO
Pero, ¿qué pasa, mi querida Bianca? ¿Qué pasa?

OTELO
¡Por Dios, seguro que es mi pañuelo!

BIANCA
Si quieres, ven a cenar esta noche. Si no, ven otro día, que te espero sentada.

Sale.

YAGO
¡Seguidla, seguidla!

CASIO
    Claro; si no, irá renegando por la calle.

YAGO
    ¿Cenaréis con ella?

CASIO
    Pienso ir, sí.

YAGO
    Pues tal vez os vea. Me gustaría mucho hablar con vos.

CASIO
    Pues ven. ¿Vendrás?

YAGO
    Corred. Ni una palabra más.

Sale CASIO.

OTELO [*adelantándose*]
    ¿Cómo lo mato, Yago?

YAGO
    ¿Oísteis qué risa le daba su pecado?

OTELO
    ¡Ah, Yago!

YAGO
    ¿Y visteis el pañuelo?

OTELO
    ¿Era el mío?

YAGO
    El vuestro, os lo juro. Y hay que ver cómo aprecia a vues-
    tra cándida esposa: ella le da un pañuelo y él se lo da a su
    manceba.

OTELO
    Estaría nueve años matándolo. ¡Qué mujer tan buena, tan
    bella, tan dulce!

YAGO
    No. Eso debéis olvidarlo.

OTELO
    Que se pudra y se muera, y se condene esta noche, pues no
    ha de vivir. No, el corazón se me ha vuelto piedra: lo golpeo

y me duele la mano. ¡Ah, el mundo no ha dado criatura más dulce! Podría echarse junto a un emperador y darle órdenes.

YAGO

No, dejad eso ahora[33].

OTELO

¡Que la cuelguen! Yo solo digo lo que es. Primorosa con la aguja, admirable con la música (su voz deja al oso sin fiereza). Y, ¡qué grande entendimiento, qué rica imaginación!

YAGO

Por eso mismo es peor.

OTELO

¡Ah, mil, mil veces! ¡Y a la vez tiene tanta gentileza!

YAGO

Sí, demasiada.

OTELO

Es verdad. Y, sin embargo, ¡la pena que da, Yago! ¡Ah, Yago, la pena que da!

YAGO

Si estáis tan prendado de su culpa, dadle licencia para pecar: si a vos no os agravia, a nadie molesta.

OTELO

La voy a hacer trizas. ¡Ponerme los cuernos!

YAGO

Es indigno.

OTELO

¡Con mi oficial!

YAGO

Aún más indigno.

OTELO

Tráeme un veneno, Yago, esta noche. Con ella no voy a discutir, no sea que su cuerpo y belleza aplaquen mi decisión. Esta noche, Yago.

---

[33] Es decir, no penséis ahora en sus virtudes y excelencias u os olvidaréis de vuestro propósito.

YAGO
No la envenenéis. Estranguladla en la cama, en el lecho
mancillado.

OTELO
Muy bien. Me complace esa justicia. Muy bien.

YAGO
Respecto a Casio, dejadlo de mi cuenta. Antes de mediano-
che tendréis noticias.

OTELO
Magnífico.

Toque de clarín dentro.

¿Qué es ese clarín?

YAGO
Seguro que noticias de Venecia.

Entran LUDOVICO, DESDÉMONA *y acompañamiento.*

Es Ludovico, de parte del Dux. Y con él vuestra esposa.

LUDOVICO
¡Dios os guarde, noble general!

OTELO
Vuestro de todo corazón.

LUDOVICO
El Dux y senadores de Venecia
os saludan.

[*Le da una carta.*]

OTELO
Beso el documento de sus órdenes.

[*Lee la carta.*]

DESDÉMONA
   ¿Y qué noticias traéis, pariente Ludovico?
YAGO
   Me alegro mucho de veros, señor.
   Bienvenido a Chipre.
LUDOVICO
   Gracias. ¿Cómo está el teniente Casio?
YAGO
   Vive, señor.
DESDÉMONA
   Ludovico, entre él y mi esposo ha surgido
   una extraña desunión. Vos podréis remediarlo.
OTELO
   ¿Estás segura?
DESDÉMONA
   ¿Señor?
OTELO
   «No dejéis de hacerlo, pues...».
LUDOVICO
   No os llamaba: está leyendo el mensaje.
   ¿Hay discordia entre Casio y vuestro esposo?
DESDÉMONA
   Y muy triste. Haría lo que fuese
   por unirlos, en mi cariño por Casio.
OTELO
   ¡Fuego y azufre!
DESDÉMONA
   ¿Señor?
OTELO
   ¿Eres discreta?
DESDÉMONA
   ¡Ah! ¿Está enojado?
LUDOVICO
   Quizá le ha afectado la carta,
   pues creo que le ordenan que regrese
   y nombran a Casio para el mando.

DESDÉMONA
   ¡Cuánto me alegra!
OTELO
   ¿De veras?
DESDÉMONA
   ¿Señor?
OTELO
   Me alegra verte loca.
DESDÉMONA
   ¡Querido Otelo!
OTELO
   ¡Demonio!

   [*La abofetea.*]

DESDÉMONA
   No merezco esto.
LUDOVICO
   Señor, esto no lo creerían en Venecia
   aunque jurase que lo vi. Es inaudito.
   Desagraviadla: está llorando.
OTELO
   ¡Demonio, demonio! Si la tierra
   concibiese con llanto de mujer,
   de cada lágrima saldría un cocodrilo.
   ¡Fuera de mi vista!
DESDÉMONA
   Me voy por no ofenderte.
LUDOVICO
   Una esposa muy obediente. Señor,
   os lo suplico, pedidle que vuelva.
OTELO
   ¡Mujer!
DESDÉMONA
   ¿Señor?

OTELO

    ¿Para qué la queréis, señor?

LUDOVICO

    ¿Quién? ¿Yo, señor?

OTELO

    Sí. Queríais que la hiciese volver.
    Pues sabe volver, y volverse, y seguir,
    y darse la vuelta. Y sabe llorar, sí, llorar.
    Y es obediente, como decís; obediente,
    muy obediente.— Tú sigue llorando.—
    Respecto a esto, señor...— ¡Qué bien finge la pena! —
    ... me ordenan que regrese.— ¡Fuera de aquí!
    Ya te mandaré llamar.— Señor, obedezco
    la orden y regreso a Venecia.— ¡Vete, fuera!

        [*Sale* DESDÉMONA.]

    Casio me reemplazará. Y os suplico, señor,
    que cenéis esta noche conmigo.
    Sed bienvenido a Chipre.— ¡Monos y cabras!

        Sale.

LUDOVICO

    ¿Es este el noble moro a quien todo el Senado
    creía tan entero? ¿Es este el ánimo
    al que no conmovía la emoción,
    la firmeza que no roza ni traspasa
    la flecha o el disparo del azar?

YAGO

    Está muy cambiado.

LUDOVICO

    ¿Se ha trastornado? ¿No estará demente?

YAGO

    Él es el que es. No me corresponde juzgar

lo que podría ser. Si no es lo que podría,
ojalá lo fuera [34].

LUDOVICO

¡Pegarle a su esposa!

YAGO

Sí, eso no ha estado bien. Mas ojalá
ese golpe fuera lo peor.

LUDOVICO

¿Es su costumbre? ¿O acaso
la carta le ha excitado la pasión,
creándole esta lacra?

YAGO

¡Válgame! No sería honrado si os dijera
lo que he visto y oído. Observadle,
y su conducta le mostrará de tal modo
que os ahorrará mis palabras. Id con él
y fijaos en cómo continúa.

LUDOVICO

Con él he sufrido un desengaño.

Salen.

IV.ii   *Entran* OTELO *y* EMILIA.

OTELO

¿Así que no has visto nada?

EMILIA

Ni visto ni oído y nunca he sospechado.

OTELO

Sí, los has visto juntos a Casio y a ella.

EMILIA

Pero no vi nada malo, y oí
cada palabra que salió de sus bocas.

---

[34] Según Sanders, Yago quiere decir que si Otelo no es un demente, ojalá
lo fuera, porque es lo único que le exculparía.

OTELO
  ¡Cómo! ¿No secreteaban?
EMILIA
  Nunca, señor.
OTELO
  ¿Ni te mandaban que te fueras?
EMILIA
  Nunca.
OTELO
  ¿Ni a traerle el abanico, los guantes,
  el antifaz, ni nada?
EMILIA
  Jamás, señor.
OTELO
  ¡Qué raro!
EMILIA
  Señor, me apuesto el alma a que ella
  es honesta. Si pensáis otra cosa,
  desechad esa idea: os está engañando.
  Si algún infame os lo ha metido en la cabeza,
  ¡caiga sobre él la maldición de la serpiente!
  Si ella no es honesta, pura y fiel,
  no hay hombre dichoso: la esposa mejor
  es más vil que la calumnia.
OTELO
  Dile que venga. Vamos.

                    Sale EMILIA.

  Esta habla bien, pero boba sería la alcahueta
  que no hablara así. Y, ¡qué puta más lista!
  Llave y candado de viles secretos;
  aunque se arrodilla y reza. Se lo he visto hacer.

                    Entran DESDÉMONA *y* EMILIA.

DESDÉMONA
  Señor, ¿qué deseas?
OTELO
  Ven aquí, paloma.
DESDÉMONA
  ¿Cuál es tu deseo?
OTELO
  Deja que te vea los ojos.
  Mírame a la cara.
DESDÉMONA
  ¿Qué horrible capricho es este?
OTELO [*a* EMILIA]
  Tú, mujer, a lo tuyo. Deja en paz
  a los que van a procrear. Cierra la puerta
  y tose o carraspea si viene alguien.
  ¡Tu oficio, tu oficio! ¡A cumplir!

        Sale EMILIA.

DESDÉMONA
  Te lo pido de rodillas: ¿Qué significa
  lo que dices? Entiendo el furor de tus palabras,
  ⟦mas no las palabras⟧.
OTELO
  Pues, ¿quién eres tú?
DESDÉMONA
  Tu esposa, señor. Tu esposa fiel y leal.
OTELO
  Vamos, júralo y condénate, no sea
  que, siendo angelical, los propios demonios
  teman apresarte. Conque doble condena:
  jura que eres honesta.
DESDÉMONA
  Bien lo sabe el cielo.
OTELO
  El cielo bien sabe
  que eres más falsa que el diablo.

DESDÉMONA

　¿Cómo soy falsa, señor? ¿Con quién, para quién?

OTELO

　¡Ah, Desdémona, vete, vete, vete!

DESDÉMONA

　¡Dios bendito! ¿Por qué lloras?
　¿Soy yo la causa de tus lágrimas, señor?
　Si acaso sospechas que mi padre
　intervino en tu orden de regreso,
　a mí no me culpes. Si tú le perdiste,
　yo también le perdí.

OTELO

　Si los cielos me hubieran puesto a prueba
　con padecimientos, vertiendo sobre mí
　toda suerte de angustias y deshonras,
　sumiéndome hasta el labio en la miseria,
　cautivos mis afanes y mi ser,
　habría hallado una gota de paciencia
　en alguna parte de mi alma. Pero, ¡ay, convertirme
　en el número inmóvil que la aguja
　del escarnio señala en su curso imperceptible!
　Aun eso podría soportar, aun eso.
　Mas del ser en que he depositado el corazón,
　que me da vida y, si no, sería mi muerte,
　del manantial de donde brota o se seca
　mi corriente, ¡verme separado
　o tenerlo como ciénaga de sapos inmundos
　que se juntan y aparean...! Palidece de verlo,
　paciencia, tierno querubín de labios rosados.
　¡Sí, ponte más sañudo que el infierno!

DESDÉMONA

　Señor, supongo que me crees honesta.

OTELO

　¡Oh, sí! Como moscas de verano en matadero,
　que nacen criando. ¡Ah, flor silvestre,
　tan hermosa y tan fragante que lastimas
　el sentido! ¡Ojalá no hubieras nacido!

DESDÉMONA

Pero, ¿qué pecado inconsciente cometí?

OTELO

¿Se hizo este bello papel, este hermoso libro,
para escribir en él «puta»? ¿Qué pecado?
¿Pecado? ¡Ah, mujerzuela! Si nombrase
tus acciones, mis mejillas serían fraguas
que el pudor reducirían a cenizas.
¿Qué pecado? Al cielo le hiede, la luna cierra
los ojos; el viento lascivo, que todo lo besa,
enmudece en la cóncava tierra y no quiere oírlo.
¿Qué pecado? ⟦¡Impúdica ramera!⟧

DESDÉMONA

Por Dios, me estás injuriando.

OTELO

¿No eres una ramera?

DESDÉMONA

No, o no soy cristiana. Si, para honra
de mi esposo, preservar este cuerpo
de contactos ilícitos e impuros
es no ser una ramera, no lo soy.

OTELO

¿Que no eres una puta?

DESDÉMONA

¡No, por mi salvación!

OTELO

¿Es posible?

DESDÉMONA

¡Ah, que Dios nos perdone!

OTELO

Entonces disculpad. Os tomé
por la astuta ramera de Venecia
que se casó con Otelo.— ¡Tú, mujer,
que, al revés que San Pedro, custodias
la puerta del infierno!

Entra EMILIA.

Tú, tú, ¡sí, tú! Nuestro asunto
ha terminado. Aquí está tu paga.
Ahora echa la llave, y silencio.

Sale.

EMILIA
Pero este hombre, ¿qué imagina?
¿Cómo estáis, señora? ¿Cómo estáis?
DESDÉMONA
Aturdida.
EMILIA
Decidme, ¿qué le pasa a mi señor?
DESDÉMONA
¿A quién?
EMILIA
Pues a mi señor.
DESDÉMONA
¿Quién es tu señor?
EMILIA
El vuestro, mi querida señora.
DESDÉMONA
Ya no tengo. No hablemos, Emilia.
No puedo llorar, y no tendría más palabras
que las lágrimas. Esta noche ponme
en la cama mis sábanas de boda [35],
acuérdate. Y dile a tu esposo que venga.
EMILIA
¡Vaya cambio!

---

[35] Desdémona está anonadada y pide que se pongan sus sábanas de boda
en un intento de recobrar el amor de Otelo.

Sale.

DESDÉMONA

Está bien que me trate así, ¡muy bien!
¿Qué habré hecho yo para que tenga
la mínima queja de mi más leve falta?

Entran YAGO *y* EMILIA.

YAGO

¿Qué deseáis, señora? ¿Estáis bien?

DESDÉMONA

No sé. Los que educan a los niños
les hablan con dulzura y corrigen con bondad.
Debió hacerlo así, pues soy como niña
que ignora el reproche.

YAGO

¿Qué ocurre, señora?

EMILIA

¡Ah, Yago! El señor la ha tratado de puta,
la ha cubierto de insultos y de ofensas
que la honra no puede soportar.

DESDÉMONA

¿Acaso lo soy, Yago?

YAGO

Sois, ¿qué, mi bella señora?

DESDÉMONA

Lo que dice que mi esposo me llamó.

EMILIA

La llamó puta. Ni un mendigo borracho
le habría dicho eso a su golfa.

YAGO

¿Por qué lo hizo?

DESDÉMONA

No lo sé. Juro que no lo soy.

YAGO
  No lloréis, no lloréis. ¡Válgame!

EMILIA
  ¿Renunció a tan nobles pretendientes,
  a su padre, su tierra y su familia,
  para ser llamada puta? ¿No es para llorar?

DESDÉMONA
  Es mi desventura.

YAGO
  ¡Maldito sea!
  ¿Cómo se le habrá ocurrido?

DESDÉMONA
  Sabe Dios.

EMILIA
  Que me cuelguen si no es una calumnia
  de algún canalla redomado, algún
  bribón entrometido, algún embaucador
  mentiroso y retorcido que va
  buscando un puesto. ¡Que me cuelguen!

YAGO
  ¡Bah! Ese hombre no existe. Es imposible.

DESDÉMONA
  Si existe, que Dios le perdone.

EMILIA
  Que le perdone la horca y se pudra
  en el infierno. ¿Por qué la llamó puta?
  ¿Quién va con ella? ¿Dónde, cuándo, cómo,
  por qué motivo? Algún mal nacido engaña
  a Otelo, algún granuja ruin y despreciable.
  ¡Quiera Dios descubrir a estos sujetos
  y poner un látigo en toda mano honrada
  que desnudos los azote por el mundo
  desde el este hasta el oeste!

YAGO
  Habla más bajo.

EMILIA
  ¡Mala peste...! Alguno de esos fue

quien te puso el juicio del revés, haciéndote
creer que yo te engañaba con Otelo.

YAGO

   Tú eres tonta. Calla.

DESDÉMONA

   ¡Ah, Yago! ¿Qué puedo hacer por recobrar
el cariño de mi esposo? Buen amigo,
ve con él, pues, por la luz del cielo,
no sé cómo le perdí. Lo digo de rodillas:
si alguna vez pequé contra su amor
por vía de pensamiento o de obra;
si mis ojos, oídos o sentidos
gozaron con algún otro semblante;
si no le quiero con toda mi alma, como siempre
le quise y le querré, aunque me eche
de su lado como a una pordiosera,
¡que el sosiego me abandone! Mucho puede
el desamor, mas aunque el suyo acabe
con mi vida, con mi amor nunca podrá.
No puedo decir «puta»; me repugna la palabra.
Ni por todas las glorias de este mundo
haría nada que me diera un nombre así.

YAGO

   Calmaos, os lo ruego. Es el mal humor.
Le enojan los asuntos de gobierno
⟦y por eso os riñe⟧.

DESDÉMONA

   Si solo fuera eso...

YAGO

   Solo es eso, os lo aseguro.
Escuchad: los clarines llaman a la cena.
Aguardan los emisarios de Venecia.
Entrad y no lloréis. Todo irá bien.

Salen DESDÉMONA *y* EMILIA.

Entra RODRIGO[36].

¿Qué hay, Rodrigo?

RODRIGO

Veo que no juegas limpio conmigo.

YAGO

¿En qué te fundas?

RODRIGO

Día tras día me vas dando largas, Yago, y creo que, más que
darme ocasión, me vas menguando la esperanza. Ahora ya
no pienso tolerarlo, ni estoy dispuesto a sufrir en silencio lo
que ya he soportado como un tonto.

YAGO

¿Quieres oírme, Rodrigo?

RODRIGO

He oído demasiado. Tus hechos no hacen juego con tus di-
chos.

YAGO

Me acusas sin razón.

RODRIGO

Con la pura verdad. Me he quedado sin recursos. Las joyas
que te di para Desdémona podían haber comprado a una
monja. Me dices que las tiene y que me da esperanzas y
ánimo de inmediato favor y relaciones, mas no veo nada.

YAGO

Bueno, vamos, vamos.

RODRIGO

¡Bueno, vamos! ¿Cómo voy a irme? Y de bueno, nada. Todo
esto es vil y empiezo a sentirme estafado.

YAGO

Bueno.

---

[36]   El escenario isabelino, carente de decorado, permitía esta entrada de
Rodrigo sin interrupción por cambio de escena. En la escenografía realista
de épocas posteriores sería inconcebible que Rodrigo fuese a ver a Yago a
«la habitación de Desdémona».

RODRIGO

Te digo que de bueno, nada. Voy a presentarme a Desdémona. Si me devuelve las joyas, renuncio a mi pretensión y
a galanteos ilícitos. Si no, te exigiré reparación.

YAGO

¿Has dicho?

RODRIGO

Sí, y no he dicho nada que no piense hacer.

YAGO

¡Vaya! Ahora veo que tienes bríos, y desde ahora mi opi-
nión de ti es mejor que nunca. Dame la mano, Rodrigo. Me
has hecho una justísima objeción; mas yo te aseguro que
siempre jugué limpio con tu asunto.

RODRIGO

No se ha visto.

YAGO

Reconozco que no se ha visto, y a tus reservas no les falta
seso ni cordura. Pero Rodrigo, si de veras tienes lo que
ahora tengo más razón para creer, decisión, arrojo y hombría, demuéstralo esta noche. Si a la siguiente no gozas a
Desdémona, quítame de enmedio a traición y ponle trampas
a mi vida.

RODRIGO

¿Qué planeas? ¿Es prudente y hacedero?

YAGO

Por orden especial llegada de Venecia, Casio pasa a ocupar
el puesto de Otelo.

RODRIGO

¿Es verdad? Entonces Otelo y Desdémona vuelven a Venecia.

YAGO

Ah, no: él se va a Mauritania con su bella Desdémona, a no
ser que algún accidente demore su marcha. Para lo cual lo
más contundente es librarse de Casio.

RODRIGO

¿Qué quiere decir «librarse»?

Yago

Pues impedirle que ocupe el puesto de Otelo; cortarle el cuello.

Rodrigo

¿Y quieres que lo haga yo?

Yago

Sí, si tienes valor para hacerte servicio y justicia. Él cena esta noche con una perdida; yo iré a verle. Aún no sabe nada de sus nuevos honores. Si aguardas su salida (yo haré que salga entre las doce y la una), le tendrás a tu alcance. Yo estaré cerca para secundarte y entre los dos lo matamos. Anda, no te desconciertes y ven conmigo. Te haré ver la necesidad de su muerte y tú te sentirás obligado a dársela. Es la hora de la cena y corren las horas. ¡En marcha!

Rodrigo

Necesito más razones para hacerlo.

Yago

Quedarás complacido.

Salen.

IV.iii   *Entran* Otelo, Ludovico, Desdémona, Emilia *y acompañamiento.*

Ludovico

Os lo ruego, señor. No os molestéis.

Otelo

Permitid. Me hará bien andar.

Ludovico

Señora, buenas noches. Os doy humildes gracias.

Desdémona

A vuestro servicio.

Otelo

¿Vamos, señor? Ah, Desdémona.

DESDÉMONA
  ¿Señor?
OTELO
  Acuéstate ya. Vuelvo de inmediato. Que no se quede tu
  dama. Haz como te digo.
DESDÉMONA
  Sí, señor.

   Salen [OTELO, LUDOVICO *y acompañamiento*].

EMILIA
  ¿Cómo va todo? Parece más amable que antes.
DESDÉMONA
  Dice que vuelve en seguida.
  Me ha mandado que me acueste
  y ha dicho que no te quedes.
EMILIA
  ¿Que no me quede?
DESDÉMONA
  Es su deseo. Así que, buena Emilia,
  me traes la ropa de noche y adiós.
  No debemos contrariarle.
EMILIA
  ¡Ojalá no le hubierais visto nunca!
DESDÉMONA
  Eso no. Mi amor por él es tanto
  que su enojo, censuras y aspereza
  —suéltame esto— tienen su encanto y donaire.
EMILIA
  He puesto las sábanas que dijisteis.
DESDÉMONA
  Es igual. ¡Ah, qué antojos tenemos!
  Si muero antes que tú, amortájame
  con una de esas sábanas.
EMILIA
  Vamos, vamos, ¡qué decís!

DESDÉMONA

Mi madre tenía una doncella, de nombre Bárbara.
Estaba enamorada, y su amado le fue infiel
y la dejó. Sabía la canción del sauce,
una vieja canción que expresaba su sino,
y murió cantándola. Esta noche
no puedo olvidar la canción. Me cuesta
no hundir la cabeza y cantarla
como hacía la pobre Bárbara. Date prisa.

EMILIA

¿Os traigo la bata?

DESDÉMONA

No, suéltame esto.
Ludovico es bien parecido.

EMILIA

Muy guapo.

DESDÉMONA

Y habla bien.

EMILIA

En Venecia conozco una dama que habría ido descalza a Pa-
lestina por tocarle un labio.

DESDÉMONA

[*canta*]   «Penaba por él bajo un sicamor[37];
            llora, sauce, conmigo;
            la frente caída, hundido el corazón;
            llora, sauce, llora conmigo;
            las aguas corrían llevando el dolor;
            llora, sauce, conmigo;
            el llanto caía y la piedra ablandó».
Guarda esto.
            «Llora, sauce, llora conmigo».
Date prisa; está al llegar.

---

[37]   Véanse nota complementaria y partitura en el Apéndice, págs. 194
y 197-198, respectivamente.

«Llora, sauce, conmigo; guirnalda te haré.
No le acusarán; le admito el desdén».
No, así no es. ¿Oyes? ¿Quién llama?

EMILIA

Es el viento.

DESDÉMONA

[*canta*] «Falso fue mi amor, mas, ¿qué dijo él?
Llora, sauce, conmigo;
si yo te he engañado, engáñame también».
Vete ya. Buenas noches. Me escuecen los ojos.
¿Presagia llanto?

EMILIA

No tiene que ver.

DESDÉMONA

Lo he oído decir. ¡Ah, estos hombres, estos hombres!
Dime, Emilia, ¿tú crees en conciencia
que hay mujeres que engañen tan vilmente
a sus maridos?

EMILIA

Algunas sí que hay.

DESDÉMONA

¿Tú lo harías si te dieran el mundo?

EMILIA

¿No lo haríais vos?

DESDÉMONA

No. Que sea mi testigo esa luz celestial[38].

EMILIA

Pues que esa luz no sea mi testigo.
Yo lo haría a oscuras.

DESDÉMONA

¿Tú lo harías si te dieran el mundo?

EMILIA

El mundo es enorme. Y es paga muy alta
por tan poca falta.

---

[38] La luz de la luna.

DESDÉMONA
La verdad, no creo que lo hicieras.

EMILIA
La verdad, yo creo que lo haría, para deshacerlo una vez hecho. Bueno, no lo haría por una sortija o unas varas de batista, por vestidos, enaguas o tocas, ni por regalos mezquinos. Pero, ¡por el mundo entero! Santo Dios, ¿quién no le pondría los cuernos al marido para hacerle rey? Yo arriesgaría el purgatorio.

DESDÉMONA
Que me pierda si cometo esa falta
por nada del mundo.

EMILIA
Pero sería una falta para el mundo y, si os dan el mundo a cambio, la falta quedaría en vuestro mundo y pronto podríais repararla.

DESDÉMONA
Yo no creo que haya mujeres así.

EMILIA
Sí, un montón, como para poblar el mundo que les dieran.
Mas creo que si pecan las mujeres
la culpa es de los maridos: o no cumplen
y llenan otras faldas de tesoros que son nuestros,
o les entran unos celos sin sentido
y nos tienen encerradas; o nos pegan,
o nos menguan el dinero por despecho.
Todo esto nos encona y, si nuestro es el perdón,
nuestra es la venganza. Sepan los maridos
que sus mujeres tienen sentidos como ellos;
que ven, huelen y tienen paladar
para lo dulce y lo agrio. ¿Qué hacen
cuando nos dejan por otras? ¿Gozar?
Creo que sí. ¿Los mueve el deseo?
Creo que sí. ¿Pecan por flaqueza?
Creo que también. Y nosotras, ¿no tenemos
deseos, ganas de gozar y flaquezas como ellos?

Pues que aprendan a tratarnos o, si no, que sepan
que todo nuestro mal es el mal que nos enseñan.
DESDÉMONA
Buenas noches, buenas noches. No quiera Dios
que el mal sea mi guía, sino mi lección.

Salen.

V.i   *Entran* YAGO *y* RODRIGO.

YAGO
Ponte aquí, detrás del puesto. Viene en seguida.
Desnuda el estoque y clávalo bien.
De prisa, no temas. Yo estaré a tu lado.
A la cima o a la ruina: piénsalo
y afianza el propósito.
RODRIGO
Quédate cerca, no sea que falle.
YAGO
Aquí al lado. Valor y a tu puesto.

[*Se aparta.*]

RODRIGO
No me fascina el designio. Sin embargo,
me ha dado razones convincentes.
Es solo una vida. ¡A él, espada! ¡Muerto!
YAGO [*aparte*]
A este pollo ya casi lo he dejado
en carne viva, y le irrita. Mate a Casio,
Casio a él o se maten entre sí,
yo salgo ganando. Si Rodrigo sobrevive,
me exigirá cabal restitución
de oro y joyas que yo le afané
y que me dio para Desdémona.

No puede ser. Si Casio prevalece,
su vida siempre tiene una belleza
que me afea. Además, el moro podría
descubrirle mi juego, lo que es peligroso.
No, ha de morir. Pero, alto. Aquí llega.

Entra CASIO.

RODRIGO
Es él; conozco su andar. ¡Muere, infame!
CASIO
Tu golpe habría sido fatal
si la malla no fuese mejor
de lo que piensas. Probemos la tuya.
RODRIGO
¡Ah, me has matado!

[YAGO *hiere a* CASIO *en la pierna y sale*.]

CASIO
¡Me han baldado! ¡Socorro! ¡Eh!
¡Al asesino! ¡Al asesino!

Entra OTELO.

OTELO
La voz de Casio. Yago cumple su palabra.
RODRIGO
¡Ah, soy un miserable!
OTELO
Muy cierto.
CASIO
¡Socorro! ¡Eh! ¡Luz! ¡Un médico!
OTELO
Es él. Audaz Yago, honrado y leal;
tan noble ante el agravio de tu amigo.

Eres mi ejemplo. Prenda, tu amado ha muerto
y se acerca tu condenación. ¡Allá voy, ramera!
De mi alma he borrado tus ojos de ensueño;
impúdica sangre manchará tu impuro lecho.

> *Sale.*
> *Entran* LUDOVICO *y* GRACIANO.

CASIO
  ¡Eh! ¿No hay nadie? ¿Y la ronda? ¡Al asesino!
GRACIANO
  Alguna desgracia. Es un grito terrible.
CASIO
  ¡Socorro!
LUDOVICO
  Escuchad.
RODRIGO
  ¡Ah, miserable!
LUDOVICO
  Gritan dos o tres. Es noche cerrada.
  Quizá estén fingiendo. Sería peligroso
  acudir sin más ayuda.
RODRIGO
  ¿No viene nadie? Moriré desangrado.
LUDOVICO
  Escuchad.

> *Entra* YAGO *con una lámpara.*

GRACIANO
  Aquí viene alguien recién levantado
  con luz y armas.
YAGO
  ¿Quién vive? ¿Quién grita «Al asesino»?
LUDOVICO
  No sabemos.

YAGO
    ¿No oísteis un grito?
CASIO
    ¡A mí, a mí! ¡Socorro, por Dios!
YAGO
    ¿Qué pasa?
GRACIANO
    Es el alférez de Otelo, ¿no?
LUDOVICO
    El mismo. Un tipo valiente.
YAGO
    ¿Quién sois, que gritáis tan angustiado?
CASIO
    ¿Yago? ¡Ah, me han malherido unos infames!
    Ayúdame.
YAGO
    ¡Mi pobre teniente! ¿Qué infames han sido?
CASIO
    Creo que uno está por aquí
    y no puede huir.
YAGO
    ¡Infames traidores! —
    Vosotros, venid y ayudadme.
RODRIGO
    ¡Aquí, socorredme!
CASIO
    Es uno de ellos.
YAGO
    ¡Infame asesino! ¡Canalla!

        [*Apuñala a* RODRIGO.]

RODRIGO
    ¡Maldito Yago! ¡Ah, perro inhumano!
YAGO
    ¿Matando a oscuras? ¿Dónde están los ladrones?

¡Qué silencio en la ciudad! ¡Eh, al asesino! —
¿Quiénes sois? ¿Gente de bien o de mal?

LUDOVICO

Conocednos y juzgadnos.

YAGO

¿Signor Ludovico?

LUDOVICO

El mismo.

YAGO

Perdonad. A Casio le han herido unos granujas.

GRACIANO

¿A Casio?

YAGO

¿Cómo estáis, amigo?

CASIO

Me han partido la pierna.

YAGO

¡No lo quiera Dios! Señores, luz.
La vendaré con mi camisa.

Entra BIANCA.

BIANCA

¿Qué pasa? ¿Quién gritaba?

YAGO

¿Quién gritaba? [39].

BIANCA

¡Ah, mi Casio! ¡Querido Casio!
¡Ah, Casio, Casio, Casio!

YAGO

¡Insigne zorra! Casio, ¿tenéis noción
de quién os ha podido malherir?

---

[39] La repetición de la pregunta de Bianca puede ser una burla de Yago,
que duda de la sinceridad de Bianca, o también un error de imprenta.

CASIO
No.

GRACIANO
Me apena veros así. Iba en vuestra busca.

YAGO
Dadme una liga[40]. ¡Eh, una silla!
Así le sacaremos con más facilidad.

BIANCA
¡Ah, se desmaya!
¡Ah, Casio, Casio, Casio!

YAGO
Sospecho, señores, que esta moza
tuvo parte en la agresión.—
Paciencia, buen Casio.— Vamos, luz.
¿Conocemos esta cara? ¡Cómo!
¿Mi amigo y querido paisano Rodrigo?
No. Sí, claro. ¡Dios santo, Rodrigo!

GRACIANO
¿Cómo? ¿El de Venecia?

YAGO
Sí, señor. ¿Le conocíais?

GRACIANO
¿Conocerle? Claro.

YAGO
¡Signor Graciano! Os pido disculpas.
Que estas violencias me excusen
por no haberos conocido.

GRACIANO
Me alegro de verte.

YAGO
¿Cómo estáis, Casio? ¡Una silla, una silla!

GRACIANO
¿Es Rodrigo?

---

[40] Podía ser de hombre o mujer y le serviría a Yago para sujetar el ven-
daje que le ha hecho con su camisa.

YAGO
Sí, sí. Es él.

[*Traen una silla.*]

¡Ah, muy bien, la silla!
Sacadle de aquí con cuidado.
Yo buscaré al médico del general.—
Tú, mujer, ahórrate la molestia.— Casio,
el que yace aquí muerto era un buen amigo.
¿Había enemistad entre vosotros?
CASIO
Ninguna. Ni siquiera le conozco.
YAGO
[*a* BIANCA] ¿Estás pálida? —
Llevadle dentro.

[*Sacan a* CASIO *y a* RODRIGO.]

Quedaos, Señorías.— ¿Estás pálida, mujer? —
¿No veis el pavor de su mirada? —
Como nos mires así, pronto nos lo contarás.—
Miradla bien; os lo ruego, miradla.
¿Lo veis, caballeros? La culpa se delata
aunque la lengua enmudezca.

Entra EMILIA.

EMILIA
¿Qué pasa? ¿Qué pasa, Yago?
YAGO
Rodrigo y otros tipos que escaparon
agredieron a Casio en la oscuridad.
Está malherido y Rodrigo, muerto.
EMILIA
¡Ay, pobre señor! ¡Ah, mi buen Casio!

YAGO

Es lo que trae el desenfreno. Anda, Emilia,
pregúntale a Casio dónde ha cenado.—
[A BIANCA] ¿Te hace temblar?

BIANCA

Cenó en mi casa, y no me hace temblar.

YAGO

¿Conque sí? Te ordeno que me acompañes.

EMILIA

¡Ah, maldita seas, zorra!

BIANCA

No soy una zorra y soy tan decente
como tú que me injurias.

EMILIA

¿Como yo? ¡Uf! ¡Maldita seas!

YAGO

Señores, veamos cómo curan a Casio.—
Vamos, mujer, y prepara otra historia.—
Emilia, corre a la ciudadela
y cuenta a los señores lo que ha sucedido.—
¿Queréis ir primero?
[Aparte] Esta es la noche que me hace
o del todo me deshace.

           Salen.

V.ii   Entra OTELO con una lámpara. DESDÉMONA acostada.

OTELO

Tal es la causa, tal es la causa, alma mía.
Que yo no os la nombre, castas estrellas.
Tal es la causa. Mas no he de verter esta sangre
ni herir esta piel, más blanca que la nieve,
más lisa que alabastro de sepulcros.
Pero ha de morir o engañará a más hombres.

Apaga la llama y después apaga su llama.
Podría extinguirte, flamígera emisaria,
y después devolverte la luz anterior
si fuese a arrepentirme. Mas, muerta tu llama,
criatura perfecta de la naturaleza,
no sabría dónde hallar el fuego prometeico
que te diera nueva luz. Si arranco tu rosa
no puedo hacer que reviva; por fuerza
se marchitará. La oleré en el rosal.

La besa.

¡Ah, aliento fragante, que tienta a la justicia
para que rompa su espada! ¡Otro, otro!
Cuando hayas muerto sigue así, que yo te mataré
y te querré por siempre. ¡Otro más, el último!
Lo grato nunca fue tan mortal. Me hace llorar.
Pero es llanto cruel. La pena es divina:
hiere lo que ama. Está despertando.

DESDÉMONA
    ¿Quién es? ¿Otelo?

OTELO
    Sí, Desdémona.

DESDÉMONA
    ¿No te acuestas, señor?

OTELO
    ¿Has rezado esta noche, Desdémona?

DESDÉMONA
    Sí, mi señor.

OTELO
    Si te queda algún pecado
    que no haya alcanzado la gracia del cielo,
    ruega su perdón.

DESDÉMONA
    ¡Dios santo! ¿Qué quieres decir con eso?

OTELO

Vamos, reza y no tardes. Mientras, me retiraré.
No quiero matar tu alma si no está
preparada. ¡No lo quiera Dios! No voy a matarla.

DESDÉMONA

¿Hablas de matar?

OTELO

Sí, eso he dicho.

DESDÉMONA

Pues que el cielo se apiade de mí.

OTELO

Amén, de todo corazón.

DESDÉMONA

Si dices eso, no creo que quieras matarme.

OTELO

¡Mmm!

DESDÉMONA

Sin embargo, me asustas, pues eres temible
con esos ojos de fuego. Por qué tengo miedo
no sé, si no tengo culpa; pero siento miedo.

OTELO

Piensa en tus pecados.

DESDÉMONA

Son amores que te doy.

OTELO

Pues por eso has de morir.

DESDÉMONA

Matar por amor es dar muerte cruel.
¡Ah! ¿Por qué te muerdes el labio?
Alguna violencia conmueve tu cuerpo.
Son presagios. Sin embargo, espero,
espero que no irán contra mí.

OTELO

¡Calla y escucha!

DESDÉMONA

Bien, ¿qué ocurre?

OTELO

A Casio le has dado aquel pañuelo
tan querido que yo te regalé.

DESDÉMONA

¡No, por mi vida y mi alma!
Mándale llamar y pregúntale.

OTELO

Guárdate, alma mía, guárdate
del perjurio. Estás en tu lecho de muerte.

DESDÉMONA

Pero aún no he de morir.

OTELO

Sí, ahora mismo; conque confiesa
abiertamente tu pecado, pues negar
con juramentos cada cargo no puede
destruir ni ahogar la convicción
que me atormenta. Vas a morir.

DESDÉMONA

¡Que Dios se apiade de mí!

OTELO

Pues, amén.

DESDÉMONA

¡Apiádate tú también! Jamás
he pecado contra ti; jamás sentí por Casio
nada más que el afecto común
que Dios permite. Jamás le di prenda.

OTELO

¡Por Dios, le vi el pañuelo en la mano!
¡Ah, perjura! Me pones de piedra el corazón
y vuelves crimen mi propósito,
cuando yo lo creía sacrificio.
Le vi el pañuelo.

DESDÉMONA

Lo encontraría. Yo no se lo di.
Mándale que venga y confiese la verdad.

OTELO
Ya ha confesado.

DESDÉMONA
¿Qué ha confesado?

OTELO
Que habéis tenido trato.

DESDÉMONA
¿Cómo? ¿Carnal?

OTELO
Sí.

DESDÉMONA
No puede decir eso.

OTELO
No, le han cerrado la boca.
Se encargó el honrado Yago.

DESDÉMONA
El miedo me engaña. ¿Ha muerto?

OTELO
Si hubieran sido vidas sus cabellos,
mi venganza podría con todas.

DESDÉMONA
¡Ah, le han engañado y yo estoy perdida!

OTELO
¡Calla, zorra! ¿Le lloras en mi cara?

DESDÉMONA
¡Ah, destiérrame, señor, mas no me mates!

OTELO
¡Muere, zorra!

DESDÉMONA
¡Mátame mañana! ¡Esta noche no!

OTELO
Como te resistas...

DESDÉMONA
¡Solo media hora!

OTELO
Empezar es acabar.

DESDÉMONA
   ¡Que rece una oración!
OTELO
   Demasiado tarde.
[[DESDÉMONA
   ¡Dios mío, Dios mío!]]

   La ahoga [41].

EMILIA [*dentro*]
   ¡Señor, señor! ¡Eh, señor, señor!
OTELO
   ¿Qué ruido es ese? — ¿Aún vives? ¿Todavía?
   Soy cruel, pero clemente.
   No quiero alargar tu agonía.
   Así, así.
EMILIA [*dentro*]
   ¡Eh, señor, señor!
OTELO
   ¿Quién es?
EMILIA [*dentro*]
   ¡Ah, señor! ¿Deseo hablar con vos!
OTELO
   Es Emilia.— ¡En seguida! — Está muerta.—
   Vendrá a anunciarme la muerte de Casio.
   Hubo alboroto.— ¡Qué! ¿Ya no se mueve?
   Más muda que la tumba.— ¿Qué hago? ¿La dejo entrar? —
   Parece que se mueve. No.— ¿Qué será mejor?
   Si entra, querrá hablar con mi esposa.
   ¡Esposa, esposa! ¿Qué esposa? No tengo esposa.
   ¡Qué angustia! ¡Qué dolor!
   Tendría que haber ahora un gran eclipse

---

[41] En el teatro moderno y en el cine suele hacerse apretando la almohada sobre la cara de Desdémona, y seis versos más adelante («Así, así») estrangulándola.

de sol y de luna, y el orbe, horrorizado,
tendría que abrirse con esta alteración.

EMILIA [*dentro*]

¡Os lo suplico, dejadme que os hable!
¡Ah, mi buen señor!

OTELO

Te había olvidado. Pasa, Emilia.
Espera un momento.— Correré la cortina.—
¿Dónde estás? ¿Qué te pasa?

Entra EMILIA.

EMILIA

¡Ah, señor, ha habido un crimen horrible!

OTELO

¿Cómo? ¿Ahora?

EMILIA

Ahora mismo, señor.

OTELO

Es la luna descarriada:
se acerca a la tierra más que de costumbre
y trastorna a los hombres [42].

EMILIA

Señor, Casio ha matado a Rodrigo,
un joven veneciano.

OTELO

¿Rodrigo muerto? ¿Y Casio también?

EMILIA

No, Casio no ha muerto.

OTELO

¿Que Casio no ha muerto? Entonces el crimen
desentona y disuena la dulce venganza.

---

[42]   Sobre la influencia de los astros y la luna véase nota 22, pág. 108.

DESDÉMONA
¡Ah, crimen injusto, injusto! [43].

EMILIA
¡Dios mío! ¿Qué voz era esa?

OTELO
¿Esa? ¿Cuál?

EMILIA
¡Dios del cielo, la voz de mi ama!

[*Descorre la cortina.*]

¡Ah, socorro, socorro! ¡Ah, hablad, señora!
¡Dulce Desdémona, querida señora, hablad!

DESDÉMONA
Muero inocente.

EMILIA
¡Ah! ¿Quién ha hecho esto?

DESDÉMONA
Nadie. Yo misma. Adiós. Encomiéndame
a mi esposo querido. ¡Ah, adiós!

Muere.

OTELO
¿Y cómo han podido matarla?

EMILIA
¡Ah, quién sabe!

OTELO
Le has oído decir que no fui yo.

EMILIA
Eso dijo, y yo solo diré la verdad.

---

[43]   En cuanto a la improbabilidad de que Desdémona recobre el conoci-
miento antes de morir y pueda hablar, Furness menciona en su edición un
caso real semejante al de Desdémona.

OTELO

Pues por embustera está en el infierno:
yo fui quien la mató.

EMILIA

¡Ah, pues más ángel ella
y vos más negro demonio!

OTELO

Se dio a la lujuria y era una puta.

EMILIA

La estás calumniando y eres un demonio.

OTELO

Era más falsa que el agua.

EMILIA

Y tú más violento que el fuego
llamándola falsa. Era pura como el cielo.

OTELO

Casio la montaba. Pregunta, si no, a tu marido.
Así me condene en lo más hondo del infierno
si he llegado a tal extremo
sin un motivo justo. Tu marido lo sabía.

EMILIA

¿Mi marido?

OTELO

Tu marido.

EMILIA

¿Que era una adúltera?

OTELO

Sí, con Casio. Si me hubiera sido fiel,
por nada la habría dado, aunque Dios
crease otro mundo para mí
de zafiro purísimo y perfecto.

EMILIA

¿Mi marido?

OTELO

Sí, él fue quien me lo dijo.
Él es honrado y detesta
el lodo que se pega a la inmundicia.

EMILIA

    ¿Mi marido?

OTELO

    ¿A qué repetirlo, mujer? He dicho tu marido.

EMILIA

    ¡Ah, señora! La vileza se burla del amor.

    ¿Mi marido dice que era falsa?

OTELO

    Sí, mujer, tu marido. ¿No lo entiendes?

    Mi amigo, tu marido, el muy honrado Yago.

EMILIA

    Si lo dice, ¡que se pudra su alma innoble

    medio grano cada día! Miente con descaro.

    ¡Si estaba loca por su inmunda adquisición!

OTELO

    ¿Qué?

EMILIA

    No me das miedo. Tu hazaña

    no es más digna del cielo

    que tú lo eras de ella.

OTELO

    Calla, más te vale.

EMILIA

    Tú no puedes hacerme ningún daño

    que no pueda sufrir [44]. ¡Ah, bobo, torpe!

    ¡Basura ignorante! Lo que has hecho...

    No me importa tu espada. Voy a delatarte

    aunque pierda veinte vidas. ¡Socorro, socorro!

    ¡El moro ha matado a mi ama!

    ¡Al asesino, al asesino!

Entran MONTANO, GRACIANO *y* YAGO.

---

[44] Es decir, el daño sería muy inferior al gran dolor de Emilia por la muerte de Desdémona.

MONTANO
   ¿Qué pasa? ¿Qué ocurre, general?
EMILIA
   ¡Ah, estás aquí, Yago! Lo has hecho tan bien
   que todos te echarán la culpa de sus crímenes.
GRACIANO
   ¿Qué pasa?
EMILIA
   Desmiente a este infame si eres hombre.
   Según él, le dijiste que su esposa le engañaba.
   Sé que no lo hiciste, que no eres tan ruin.
   Habla, que me estalla el corazón.
YAGO
   Le conté lo que pensaba, lo que él mismo
   vio que era creíble y verdadero.
EMILIA
   ¿Le dijiste que ella le engañaba?
YAGO
   Sí.
EMILIA
   Le dijiste una mentira, una odiosa mentira.
   ¡Por mi vida, una mentira, una vil mentira!
   ¿Que le engañaba con Casio? ¿Con Casio?
YAGO
   Con Casio, mujer. Anda, frena la lengua.
EMILIA
   No pienso frenar la lengua. He de hablar:
   mi ama yace muerta sobre el lecho.
TODOS
   ¡No lo quiera Dios!
EMILIA
   Y tus cuentos le incitaron a este crimen.
OTELO
   No os asombre, señores; es muy cierto.
GRACIANO
   Cierto e increíble.

MONTANO
    ¡Qué atrocidad!
EMILIA
    ¡Qué infamia, qué infamia!
    Ya me acuerdo. Me lo olía. ¡Qué infamia!
    Lo pensé. Me voy a morir de pena.
    ¡Qué infamia, qué infamia!
YAGO
    ¿Estás loca? Vete a casa, te lo ordeno.
EMILIA
    Nobles señores, permitidme que hable.
    He de obedecerle, pero ahora no.
    Quizá, Yago, ya nunca vuelva a casa.
OTELO
    ¡Ah, ah, ah!

Cae sobre la cama.

EMILIA
    Eso, échate a rugir,
    pues has matado a la más dulce inocente
    que jamás alzó mirada.
OTELO
    ¡Ah, era mala! —
    No os conocía, tío. Ahí está vuestra sobrina,
    cuyo aliento han ahogado mis manos.
    Sé que este acto parece espantoso.
GRACIANO
    Pobre Desdémona. Menos mal que tu padre
    ya no vive. Tu enlace le dejó malherido
    y la pena le cortó el hilo de la vida.
    Si te viera, podría cometer una imprudencia,
    maldecir a su buen ángel
    y por réprobo perderse.
OTELO
    Es muy triste. Mas Yago sabe
    que ella y Casio mil veces cometieron

el acto indecente. Casio lo admitió,
y ella le premió sus obras amorosas
con la primera prueba y testimonio
de cariño que le di. Yo le vi que la llevaba.
Era un pañuelo, una antigua prenda
que mi padre regaló a mi madre[45].

EMILIA

¡Cielo santo! ¡Gloria bendita!

YAGO

¡Dios, cállate!

EMILIA

Voy a hablar, voy a hablar. ¡Que me calle!
¡No! Hablaré más libre que el viento.
¡Que Dios, hombres y diablos, que todos,
sí, todos, digan pestes contra mí! Voy a hablar.

YAGO

Sé prudente y vete a casa.

EMILIA

¡No quiero!

[YAGO *desenvaina*.]

GRACIANO

¡Cómo! ¿Tu espada contra una mujer?

EMILIA

¡Idiota de moro! Ese pañuelo
me lo encontré por azar y se lo di
a mi marido, pues él, con gran solemnidad,
más de la apropiada a tal minucia,
me pedía que lo robase.

YAGO

¡Maldita puta!

---

[45]   Probable descuido de Shakespeare: en III.iv (pág. 124) Otelo dice que
el pañuelo se lo regaló a su madre una egipcia.

EMILIA

 ¡Dárselo a Casio! ¡No! Yo me lo encontré
 y se lo di a mi marido.

YAGO

 ¡Mentira, so puerca!

EMILIA

 ¡Por Dios que es verdad! Señores, es verdad.
 ¡Ah, estúpido asesino! ¿Qué hace un tonto
 como tú con una esposa tan buena?

OTELO

 ¿No hay más rayos en el cielo
 que los de las tormentas? ¡Perfecto canalla!

> *Ataca a* YAGO. [MONTANO *le desarma.*]
> YAGO *apuñala a* EMILIA *y sale.*

GRACIANO

 Ha caído. Seguro que la ha matado.

EMILIA

 Sí, sí. ¡Ah! Llevadme al lado de mi ama.

GRACIANO

 Ha huido y su mujer se muere.

MONTANO

 Es un infame redomado. Tomad el arma
 que le he quitado al moro.
 Guardad la puerta por fuera. Que no salga;
 antes le matáis. Yo voy tras el canalla,
 tras ese miserable.

> *Salen* MONTANO *y* GRACIANO.

OTELO

 Tampoco yo soy valiente.
 Cualquier monigote me quita la espada.
 Mas, ¿por qué la honra sobrevive al honor?
 Húndase todo.

EMILIA
    ¿Qué presagiaba tu canción, señora?
    ¿No me oís? Haré como el cisne,
    que muere cantando: «Llora, sauce, conmigo».
    Moro, era casta; te quería, moro cruel.
    Que se pierda mi alma si miento.
    Digo lo que pienso y muero, muero...

        Muere.

OTELO
    Tengo otra espada en el cuarto. Una espada
    española, templada en hielo de arroyo.
    Aquí está.— Tío, voy a salir.
GRACIANO [*desde dentro*]
    Inténtalo y lo pagas.
    No estás armado y habrás de someterte.
OTELO
    Pues entrad y hablad conmigo,
    o, inerme como estoy, os atacaré.

        [*Entra* GRACIANO.]

GRACIANO
    ¿Qué quieres?
OTELO
    Mirad, estoy armado. Mejor arma
    jamás flanqueó la pierna del guerrero.
    Hubo un tiempo en que con solo mi brazo
    y esta gran espada me abría camino
    entre más impedimentos que veinte veces
    vuestro estorbo. Mas, ¡ah, inútil bravata!
    ¿Quién gobierna su destino? Yo ya no.
    No temáis, aunque me veáis armado.
    Es el fin de mi jornada, el término,
    el último puerto de mi viaje.

No os arredréis; sería un temor vano.
Apuntad al pecho de Otelo con un junco
y se repliega. ¿Adónde irá Otelo? —
¿Y tu cara? ¡Ah, desventurada!
Más pálida que el lino. Cuando el Día
del Juicio nos reúna, tu mirada arrojará
mi alma desde el cielo para presa de diablos.
Fría, criatura, más fría que tu castidad.
¡Ah, maldito, maldito! ¡Azotadme, demonios,
que no me posea esta imagen divina!
¡Llevadme en huracanes, quemadme en azufre!
¡Sumidme en abismos de líquido fuego!
¡Ah, Desdémona! ¡Desdémona muerta! ¡Muerta! ¡Ah!

> *Entran* LUDOVICO, MONTANO, CASIO *en una si-*
> *lla y guardias con* YAGO.

LUDOVICO
  ¿Dónde está ese arrebatado, ese desdichado?
OTELO
  Aquí está el que fue Otelo.
LUDOVICO
  ¿Dónde está esa víbora? Traed al infame.
OTELO
  Te miro los pies, pero eso es mentira [46].
  Si eres un demonio, no podré matarte.

> [*Hiere a* YAGO.]

LUDOVICO
  Quitadle la espada.
YAGO
  Sangro, señor, mas no muero.

---

[46] Que el demonio tenga pezuñas.

OTELO

No me das pena. Prefiero que vivas,
pues, en mi sentir, la muerte es la dicha.

LUDOVICO

¡Ah, Otelo! Antes tan noble,
caído en la trampa de un maldito infame.
¿Qué os llamaremos?

OTELO

Cualquier cosa. Si queréis,
el vengador de su honra, pues nada
hice por odio y todo por deber.

LUDOVICO

Este canalla ha confesado en parte su infamia.
¿Acordasteis él y vos la muerte de Casio?

OTELO

Sí.

CASIO

Querido general, nunca os di motivo.

OTELO

Lo creo y os pido perdón.
¿Queréis preguntar a este semidiablo
por qué me ha enredado el cuerpo y el alma?

YAGO

No me preguntéis. Lo que sabéis, sabéis.
Desde ahora no diré palabra.

LUDOVICO

¿Qué? ¿Ni para rezar?

GRACIANO

El suplicio te abrirá la boca.

OTELO

Haces bien.

LUDOVICO

Señor, debéis oír lo que ha ocurrido
y creo que no sabéis. Esta carta
estaba en el bolsillo del difunto Rodrigo,

y aquí hay otra. En una de ellas se habla
de la muerte de Casio, de la cual
se encargaba Rodrigo.

OTELO

¡Miserable!

CASIO

¡Qué impío y brutal!

LUDOVICO

La otra carta encontrada en el bolsillo
contiene una queja. Parece que Rodrigo
pensaba mandársela al maldito canalla,
pero Yago se le adelantó
y le dio explicaciones.

OTELO

¡El vil granuja! Casio,
¿cómo conseguisteis el pañuelo de mi esposa?

CASIO

Lo encontré en mi cuarto.
Él mismo ha confesado hace un momento
que allí lo dejó con un claro propósito
que le dio resultado.

OTELO

¡Ah, bobo, bobo, bobo!

CASIO

Además, en su carta, Rodrigo
acusaba a Yago de haberle instigado
a provocarme en la guardia, lo que causó
mi expulsión. Y acaba de hablar
(le dábamos por muerto) [47], diciendo que Yago
le indujo y le hirió.

---

[47]   Bastantes comentaristas y críticos pasan por alto esta información,
que, además, no siempre se destaca en el teatro. Sin duda el propósito de
Shakespeare es hacer creer hasta el final en la muerte de Rodrigo para entonces informar de lo contrario. Otra cosa es que el procedimiento pueda ser de-
sacertado u inoportuno.

LUDOVICO
Salid de este cuarto y acompañadnos.
Quedáis despojado de cargo y poder
y Casio manda en Chipre. Y a este infame,
si hay algún castigo refinado
capaz de atormentarle sin que muera,
imponédselo. Vos sufriréis reclusión
hasta que el Estado de Venecia sea informado
de vuestro delito. Vamos, llevadle.
OTELO
Esperad. Oídme antes de salir.
He servido al Estado y es notorio;
eso baste. Os lo ruego, en vuestras cartas,
al narrar todas estas desventuras,
mostradme como soy, sin atenuar,
sin rebajar adversamente. Hablad
de quien amó demasiado y sin prudencia,
de quien, poco dado a los celos, instigado
se alteró sobremanera; de quien,
como el indio salvaje, tiró una perla
más valiosa que su tribu; de quien, transidos
los ojos que no se empañaban, vierte
tantas lágrimas como gotas de mirra
los árboles de Arabia. Escribid todo esto,
y también que en Alepo [48], una vez
en que un turco impío y de altivo turbante
pegó a un veneciano e infamó a la República,
yo agarré por el cuello a ese perro circunciso
y le herí así.

Se apuñala.

_____

[48] Por lo visto, en Alepo (Siria) se castigaba con la muerte inmediata al
cristiano que pegase a un turco.

LUDOVICO
  ¡Violento final!
GRACIANO
  Toda palabra es en vano.
OTELO
  Te besé antes de matarte. Ahora ya puedo,
  después de matarme, morir con un beso.

                    Muere.

CASIO
  Lo temía, aunque creí que estaba inerme,
  pues tenía deshecho el corazón.
LUDOVICO
  [*a* YAGO] ¡Ah, perro espartano! Más cruel
  que la angustia, el hambre o el mar.
  Ve la carga dolorosa de este lecho.
  Obra tuya es. El cuadro hiere la vista:
  tapadlo.— Graciano, quedad en la casa
  y disponed de los bienes del moro,
  pues pasan a ser vuestros.— A vos, gobernador,
  compete juzgar a este canalla diabólico;
  lugar, hora, tormento: imponedlo.
  Ahora voy a embarcarme, y en Venecia
  contaré tan triste caso con tristeza.

                    Salen.

APÉNDICE

TEXTO EXCLUSIVO DE F

Como se explica en la Nota preliminar (pág. 35), en la edición de 1623 (F) aparecen pasajes nuevos que no figuraban en la anterior edición en cuarto (Q) de 1622. El lector interesado puede consultar el índice que sigue, en el que se citan los versos o líneas con que empiezan y terminan los pasajes principales, con indicación de las escenas en que aparecen.

1. I.i *(pág. 46):*
   Desde   «si por vuestro deseo y sabia decisión»
   hasta   «Comprobadlo vos mismo:»

2. I.ii *(pág. 52):*
   Desde   «Que el mundo me juzgue si no es
               manifiesto»
   hasta   «es verosímil. Así que te detengo»

3. I.iii *(pág. 54):*
   Desde   «ni está en condiciones de luchar»
   hasta   «por el riesgo de un ataque sin provecho.»

4. I.iii *(pág. 56):*
   «que no es torpe, ciega ni insensata,
   no podría torcerse de modo tan absurdo.»

5. I.iii *(pág. 66):*
    Ella querrá otro más joven.

6. III.iii *(pág. 117):*
    Desde   «OTELO
                  ¡Por Dios!»
    hasta   «o aguas que ahogan. ¡Querría estar seguro!»

7. III.iii *(pág. 120):*
    Desde   «...Yago. Como el Ponto Euxino,»
    hasta   «e inmensa venganza. Por ese cielo
                  esmaltado,»

8. III.iv *(pág. 121):*
    Desde   «GRACIOSO
                  Deciros que se hospeda es deciros que
                                                       me paro.»
    hasta   «¿Qué quieres decir?»

9. III.iv *(pág. 131):*
    Desde   «BIANCA
                  ¿Y por qué?»
    hasta   «No es que no te quiera.»

10. IV.i *(pág. 133):*
    Desde   «Confesión y horca por hacerlo.»
    hasta   «¡Vil demonio!»

11. IV.i *(pág. 139):*
    Desde   «YAGO
                  El vuestro, os lo juro.»
    hasta   «y él se lo da a su manceba.»

12. IV.ii *(pág. 149):*
    Desde   «¿Pecado? ¡Ah, mujerzuela! Si nombrase»
    hasta   «¿Qué pecado?»

13. IV.ii *(pág. 153):*
    Desde   «Lo digo de rodillas:»
    hasta   «haría nada que me diera un nombre así.»

14. IV.iii *(págs. 158-159):*
    Desde   «Me cuesta»
    hasta   «No, así no es. ¿Oyes? ¿Quién llama?»

15. IV.iii *(pág. 159):*
    Desde   «Lo he oído decir. ¡Ah, estos hombres,
                     estos hombres!»
    hasta   «Algunas sí que hay.»

16. IV.iii *(págs. 160-161):*
    Desde   «Mas creo que si pecan las mujeres»
    hasta   «que todo nuestro mal es el mal que nos
                     enseñan.»

17. V.ii *(pág. 177):*
    Desde   «EMILIA
                     ¡Ah, señora! La vileza se burla del amor.»
    hasta   «Mi amigo, tu marido, el muy honrado
                     Yago.»

18. V.ii *(págs. 178-179):*
    Desde   «mi ama yace muerta sobre el lecho.
    hasta   «¡Que infamia! ¡Qué infamia!»

19. V.ii *(pág. 182):*
    Desde   «¿Qué presagiaba tu canción, señora?»
    hasta   «que muere cantando: "Llora, sauce,
                     conmigo".»

20. V.ii *(págs. 182-183):*
    Desde   «No temáis, aunque me veáis armado.»
    hasta   «¿Y tu cara? ¡Ah, desventurada!»

NOTA COMPLEMENTARIA

(pág. 158):

Esta canción cumple una importante función dramática. La letra refleja el estado de ánimo de Desdémona y la propia melodía acentúa su sentimiento de dolor (véase partitura en págs. 197-198). Shakespeare hace uso de una vieja balada para comunicar lo que no se puede expresar por otros medios. Los cambios que introdujo el autor son significativos, y lo fueron más aún para el público de la época. Las distintas versiones de la canción trataban del dolor del amante desdeñado por su amada. En Shakespeare el personaje desdeñado es una mujer; primero Bárbara, la criada de la madre de Desdémona, que murió cantando la canción tras ser abandonada por su amado; después, y, sobre todo, la propia Desdémona (el paralelo entre ambas refuerza el dramatismo de la situación). La canción queda plenamente incorporada a la situación dramática y se entremezcla con el diálogo mediante las interrupciones del canto. Además, Shakespeare hace que a Desdémona la traicione el subconsciente con el verso «No le acusarán; le admito el desdén...», lo que la lleva a corregirse («No, así no es»). Los dos últimos versos no tienen antecedente en ninguna de las distintas versiones tradicionales de la balada y, al igual que el verso «equivocado», guardan más relación con la situación de Desdémona que con el contenido de dichas versiones. Para un comentario más detallado, ver la nota «Nay, That's Not Next!», de E. Brennecke (en *Shakespeare Quarterly,* 4, 1953, págs. 35-38), en la cual se basan parcialmente estas líneas.

CANCIONES

1. «And let me the canakin clink»
[«Choquemos la copa, tin-tín»...].

Cantada por Yago (en II.iii, pág. 84). Se desconoce la melodía original. La presente adaptación se basa en la de John Playford, recogida en *The English Dancing Master* (1615), que se ajusta perfectamente a la letra del original inglés.

Cho — que – mos   la   co —————— pa, tin —— tín,

tín;   cho — que — mos   la   co —————— pa, tin —— tín.   El sol-

————— da – do es mor – tal   y   su   vi —— da   fu – gaz.   ¡Que

be —— ba el sol – da —— do,   tin —— tín,   tin!

2. «King Stephen was and-a worthy peer»
[«Esteban fue rey ejemplar»...].

Cantada por Yago (en II.iii, pág. 85). La letra de Shakespeare es una variante de una antigua balada hoy perdida. En el siglo XVIII apareció una canción con el estribillo «Then take thy auld cloak about thee», y la versión vocal en que se basa la presente adaptación se publicó en *Thirty Scots Songs for a Voice and Harpsichord* (1757), de Robert Bremner.

3. Willow song. «The poor soul sat sighing»
[Canción del sauce. «Penaba por él...»].

Cantada por Desdémona (en IV.iii, págs. 158-159). Balada muy conocida en tiempos de Shakespeare que bien podría datar de la época de Enrique VIII. La melodía original se conserva en un manuscrito del Museo Británico (Add. MS 15117), el único para voz y acompañamiento de laúd. Véase Nota complementaria (pág. 194) sobre las modificaciones de Shakespeare y la utilización dramática de esta canción.

mi — go;   el   llan — to   ca — í — a   y

la   pie — dra a — blan ——— dó

[Se interrumpe el canto: "Guarda esto"]

Llo ——— ra,   sau – ce,   llo – ra con – mi — go

[Se interrumpe el canto: "Date prisa; está al llegar"]

Llo — ra,   sau – ce, con – mi — go; guir – nal – da   te ha–

—— ré.   No   le a ——— cu – sa —— rán;

le ad —— mi ——— to el des —— dén

[Se interrumpe el canto: "No, así no es. ¿Oyes?..."]

Fal — so   fue mi a – mor,   mas, ¿qué   di – jo

él?   llo — ra,   sau – ce, con – mi – go;   si

yo te he en – ga – ña – do,   en — gá —— ña – me tam — bién

AUSTRAL